聯經文學⑩⑨

明月幾時有

林太乙 著

目次

第一章

胡大愚被突如其來的喜訊搞得癡癡呆呆。他穿著週末的便裝，運動衫、牛仔褲、運動鞋，從校園走回家時，望望燦爛的天空，深深吸了滿肺溫暖清香的空氣。在草坪邊沿的飛燕草長得六呎高，蔚藍色的花是在亞洲沒有看見過的。大朵大朵的紫色山杜鵑像一個個綉球，爛漫得難收難管。五月時光的美國維吉尼亞州北部，真美。

做人可以快活的，你記得嗎？他問自己。分別十年之後，璀璀從大陸到了香港。忽然收到她的掛號快信，認出她娟秀的筆跡，看見寄信人的地址是九龍寶勒巷巴黎髮型屋，他好像突然觸了電，全身震撼而不知所措。那封信僅僅是三天前從香港寄出的。信上說：

大愚，我出來了！我平安無事。簡單地說，我媽過去了。我沒有理由再住在上海。我去了北京一趟，看到你大哥。你的地址是他給我的，我才知道你去了美國。大哥平反了，在故宮博物院做事，身體很好。他說文革結束之後，他們不得不找些老人回去工作，懂瓷器，懂字畫，懂無論那方面的人已經寥寥無幾，都是老人，八十、九十多歲的人。他說他今年七十歲，比較起來還是個奶娃娃！他的精神真令我佩服。他獨自住在一個小房間，大嫂去世了，他的孩子下放之後都沒有消息。

告訴你個好消息。再過十天，他就要帶一批故宮的瓷器到香港，日本和其他國家展覽。他要你來香港會他，並且把你那件寶貝的雍正仿汝筆洗帶回來。我知道你不會和那件東西分離，一定帶去美國了。

我渴望你回來。這十年裡發生的事太多了。我在等你，我要服侍你，獻完全的愛給你。希望你也再能完全，沒有條件地愛我，像以前一樣，肉體、精神融在一起。

我沒有去找阿梅。我去過我們的公寓，裡面住的是陌生人。我暫時住在阿尼這裡，很不方便。你一定要儘快回來！我在等你，我需要你！

你決定搭哪一班機回來，請打電報給我，由巴黎髮型屋轉即可。我來接飛機！

永遠愛你的璀璀

一九八五年五月十三日

她又和小鬍子住在一起！他要趕快回去！他想起那個油頭滑臉的小理髮師，聞到理髮店裡那股汗酸和香菸頭的味道，不覺感到惡心。

今天是星期日。大愚本來不會回到辦公室的。他是這所名望甚高的大學的東亞學院的副教授，教授現代中國文學和語言。只因為暑假就要開始，他有些公文要寫，才回到辦公室。看見書桌上那封快信，他呆住了。一定是工友昨天扔在那裡的。他把璀璀的信唸了四、五遍，逐字推敲，過了半晌，才抓著那封信，走了出去。校園遠處飄來紅磚教堂鐘樓報時的鐘聲，有兩個學生騎著單車從他身邊擦過。綠油油的草坪，在微風中婆娑的楓樹，都像是電影中的佈景。他像個演員在這裡走路。在美國十年的生活都是做戲。璀璀平安無事，在香港等他！頓時他聞到她臉頰的香，感到她挨在身邊，長髮撩拂在他的面孔，聽見她在他耳朵裡細聲說，「我在等你，我要服侍你，獻給你完全的愛！」她的嘴巴像熟蜜瓜一般香。那是十年前的她。

他要打電話給她嗎？如果是理髮店裡的老闆娘或是理髮師接電話，他要怎麼說？他想到她從隔壁六樓那黑暗的房間被叫下來，在那些九流理髮師面前接他的電話……不，不要這樣。他要趕快回去。明天第一件事是買飛機票，到銀行提款，買旅行支票。他們將住在那裡？當然不是住在女兒阿梅家裡。打電話給阿梅請她找個便宜的旅館，她會問，這次回來為什麼不住在我這裡？電話裡不好告訴她，璀璀出來了。這要當面說。九龍窩打老山的女青年會價錢公道，男女客可住。一決定啟程日期，就打電報去訂個雙人房。

大哥再過十天要到香港，帶一批故宮的瓷器出來展覽！要我帶回那件雍正仿汝筆洗。為什麼？那東西頂多值得幾百，或許一千美元。要想的事太多了。

他的住所是一幢紅磚小平房，前面有幾棵銀杏，楊柳樹，後院則植有兩叢綠竹。他愛這些北京老家庭園裡有的樹，所以把房屋買下來。屋裡有兩房一廳，置有簡單舒適的家具，一個人住，算是不錯了。這是他五年前在阿梅指導下以分期付款的方式買的，首期付了三萬元，每月付八百元，要等他六十五歲的時候才還得清。他年薪四萬，扣除百分之二十八的所得稅和退休基金，醫療保險等費用，拿到手大約是兩萬。但等到他退休的時候他有房子住，每年可以領到養老金和社會福利金二萬零四百元，但是要繳所得稅，又沒有生活費調整，通貨膨脹率每年以百分之五計，十年之後的購買力便減少三分之一。這都是阿梅替他算出來的。阿梅說爸，你能省就省，省下來的錢存在銀行生利息。就是不要有什麼意外，她皺著眉頭繼續說，前年你補牙齒補掉了一千五百元，大學的醫療保險不包括牙科。去年你的老爺車出了毛病，花了七百元修理。是的，他說。我一個人花不了什麼錢。

阿梅在香港一家外國銀行做事，待遇優厚，有房租津貼，現在已經升為銀行在中環分行的外匯部經理。她來看他過好幾次，父女的感情修好了。他回香港時都住在她那裡。從不提璀璀的名字。

璀璀是在一九七五年回上海的，因為她母親病重。她去了之後就沒有消息。那時國內還在大鬧文化大革命，大愚的作品被指為大毒草。他不敢寫信給她，他猜想她也不敢寫信給他。他只有等候她。

他焦慮地打聽她的消息，等她回來。一年過去了，完全沒有她的音信。他仍然在大學教書，一天，他偶然翻閱在美國出版的亞洲學報，看見一則廣告：

Applications are invited for a tenure track pos in Chinese lang & lit at the asst prof level. Expertise in mod lit is highly desirable but all specialties will be considered. Near-native fluency in Mandarin reqd, commitment to undergrad lang tchg & scholarship expected. PhD reqd by time of appt. Submit ltr of Application, vita, 3 Ltrs of recommendation, tape of spoken Mandarin and sample of written Chinese。

他認為他具備這個職位要求以各種條件。當代中國文學正是他的專門研究，要講地道的國語，有誰比他這個北京人講的更加地道？他的條件綽綽有餘。同時他覺得與其在香港空等，不如換換環境，於是決定應徵。過了幾個月之後，他收到聘書。他欣然來了。

自從來到這新環境之後，大愚把精神全部放在建立新生活。他有許多時間看書，寫作。事實上，他常覺得，他在這裡的生活好像在隱居。人家稱呼他Dr. T.Y. Hu。美國人大多不會發音TaYu兩字，以T.Y.代替簡便得多。有人甚至把Hu讀成Hugh。他考慮過把胡字改拼為Who，但是想到要人家稱他為Dr. Who，會更增加他隱居之感，所以沒有改。然而對他來說，T.Y. Hu是個匿名，不帶一絲「胡大愚」三字的意味和連想。

胡大愚在香港台灣是有名的作家。抗戰結束之後他寫了一部自傳《再見燕京》描述他在北京的童年和胡家開的骨董店。他是旗人，隸屬鑲紅旗，是貴族。

他曾祖父在清宮內務部做官，曾祖母是河南巡撫之女，奉天義州人。祖父胡志雄也在內務部做官。明清兩代幾百年累聚的古物珍寶堆積在宮裡，大都沒有點數。宮裡凡是有機會的人都偷。溥儀自傳中說，「偷盜者可以說是從上而下，人人在內。換言之，凡是一切有機會偷的人，是無一不偷，而且儘可放膽地偷。偷盜的方式也各不同，有撬門撬鎖祕密地偷，有根據合法手續，明目張膽地偷。太監大都採用前一種方式，大臣和官員們則採用辦理抵押、標賣或借出鑑賞等等，即後一種方式。」在地安門街上有許多古董鋪，有的是太監開的，有的是內務部的官員的親戚開的。大愚的叔祖就開了一家，名「又一齋」。清廷被推翻之後，祖父沒有官做，便親自管理。

《再見燕京》很暢銷。後來他寫了一部書叫做《港裡的故事》，描寫他在美國耶魯大學深造，遇見妻子素娥、女兒雪梅出世，二人回香港，寫到素娥的死。這本書也連連再版。

他來美國之後，完成了一部小說名《亂》，以紅色大陸為背景。這部小說出版之後，大愚文名大著。

每一兩年，他總有一次應約，去香港、台灣或新加坡參加文學討論會議。他喜歡旅遊。他去台灣，在中正機場入境時，服務員在他護照上認出他的名字，會說，「呀！久仰大名！我真喜歡你的作品！」新聞記者會訪問他。出版社負責人，副刊編輯們請他吃飯。他回到台灣和香港猶如沙漠得甘雨，老朋友、學生們都來找他，他就忘記醫生的勸告，大吃大喝，大開話匣，把在美國所積而無處傾吐的話都痛痛快快地說了出來，並且打聽消息，提出許多問題。他用積來的稿費請客、買書，飽吸精神和身體的滋養。這樣熱熱鬧鬧的過兩、三星期，然後再飛回美國，又回到，或許可以說又翻譯成 T. Y. Hu 君，恢復他的寂寞生活。

在美國，除了研究中國文學的人，沒有人知道他是名作家。他喜歡享受名譽，他曾經想把他的小說譯成英文，但是沒有把握能譯的好。名譽這個東西，到底有限度，不可太重視，他想。在西方，有幾個人聽見過梁實秋、白先勇、高陽？中國人，又有幾個聽見過 Norman Mailer、John Updike、Graham Greene？但是他不得不承認他有虛榮心。他既然是作家，就希望越多人讀他的作品越好。

他在美國的生活主要的不滿是感到乏味。他對那些高頭大馬，天氣熱時穿短褲，露出粗壯毛茸大腿的學生講中國文學時，中國好像很遠。一班二十來人中，有幾個真正感興趣，他不知道。何況中國文學一經翻譯，已經失去原文的味道。就像他自己在這裡一樣，好像隔靴搔癢。

他可變得很乖了。阿梅給他滿分。這些年來受校醫的勸告，每天慢跑半小時，已經戒煙。他注意飲食，少吃脂肪、肉類、鹽、鈉，以減低他偏高的膽固醇和血壓。反正西餐沒有什麼好吃的，他又不會做中國菜，每天像隻兔子一樣啃生菜。他剛來時很不習慣，美國人連菜花菠菜都生吃。他煮義大利麵澆番茄醬當晚飯吃。他的義大利麵是用飯碗和筷子吃的。他常自嘲，他已經三戒，戒煙、戒饞、戒色。小心不要變成仙人！但是想到璀璀在上海，守著冷鍋冷灶，挨著飢餓的日子，他就不再埋怨自己吃得不好。在文革結束後幾年，在上海買肉買雞蛋都還要憑證，時常買不到。

他惟一放縱自己的，是喝酒。唏哩嗦囉吃了兩碗麵之後，他就從冰箱取出一瓶伏特加和一隻冰冷的玻璃杯為自己斟第一杯酒。伏特加無味、無色、不香。純，淨。大愚把它當瓊漿玉液慢慢的啜。夜闌人靜，他一面喝酒一面看報。他訂世界日報，香港的明報和星島日報，台灣的聯合報，還有許多專門報導大陸消息的刊物，《瞭望》、《七十年代》等等。

他試想璀璀在上海過怎樣的日子。他在明報讀到今聖歎引老舍的長女舒濟在香港對他說的話：「你們研究的，寫的不管你在美國、日本、香港、台灣、歐洲的專家，全不是那麼回事。你們想像的文革弄死人，都是在情理之內的說法，根本全不對！不是人想得到的！」

他知道作家一旦被扣上「牛鬼蛇神」的帽子，一家人都受罪。他和璀璀等於是夫妻，在香港許多人知道。她會不會因此被關進「牛棚」？他讀了巴金寫的〈懷念蕭珊〉，他的愛人蕭珊被指為「臭老九」的「臭婆娘」，被紅衛兵用銅頭皮帶痛打，然後同巴金一起關在馬桶間裡。在淮海中路「大批判專欄」上，張貼批判巴金的罪行的大字報，他一家人的名字都寫出來「示眾」，而「臭婆娘」的名字佔著顯著的地位。人們的白眼，人們的冷嘲熱諷蠶蝕蕭珊的身心，她的健康逐漸受到損害。後來靠了親戚幫忙走後門兩次拍X片子，才查出她患腸癌。又靠朋友設法走後門住進了醫院，在醫院只活了三個星期。

大愚唸了那篇文章之後，久久不能入睡。璀璀是不是遇到同樣的命運？有時他會夢到璀璀和素娥一樣已經死了。在夢中，把兩人混在一起。驚醒過來，冒了一身大汗，要服安眠藥才能再入睡。不，璀璀沒有死，如果她死了，她的魂魄會託夢讓他知道。但是文革已經結束這麼多年，她為什麼沒有消息？

大哥大海在文革結束之後四年平反，寫了一封信由在香港的老劉轉來說紅衛兵抄家，以破四舊，即舊思想、舊文化、舊風俗、舊習慣的名義，砸毀了家裡一切「封建主義和資本主義的反革命東西」。父親被一群十幾歲的孩子活活踢死。大哥被關進牢獄，十年來沒完沒了地寫認罪書、悔過書。

大愚回了一封簡單的信，告訴大哥，他在美國執教，也由老劉轉到北京。關於他的父親的死，他想不出一句話說，只勸大哥像自己一樣，有機會便打坐，念佛。

他想起聞一多在一九二七年中國內亂時所寫的詩「祈禱」：

請告訴我誰是中國人，
啟示我，如何把記憶抱緊；
請告訴我這民族的偉大，
輕輕的告訴我，不要喧嘩！

請告訴我誰是中國人，
誰的心裡有堯舜的心，
誰的血是荊軻聶政的血，

誰是神農黃帝的遺孽。

告訴我那智慧來得神奇，
說是河馬獻來的饋禮；
還告訴我這歌聲的節奏，
原是九苞鳳凰的傳授。

誰告訴我戈壁的沉默，
和五嶽的莊嚴？又告訴我
泰山的石溜還滴著忍耐，
大江黃河又流著和諧？

再告訴我，那一滴清淚
是孔子弔唁死麟的傷悲？

那狂笑也得告訴我才好，——
莊周，淳于髡，東方朔的笑。

請告訴我誰是中國人，
啟示我，如何把記憶抱緊；
請告訴我這民族的偉大，
輕輕的告訴我，不要喧嘩！

電話鈴聲把大愚吵醒。

「大愚，我是璀璀，你好嗎？你收到我的信沒有？」

他聽見她的聲音激動得說不出話來。他哽咽，心碎了。

「大愚，大愚，我是璀璀。你聽得見嗎？你收到我的信嗎？」

他終於說，「聽得見，璀璀。信收到了。」他還在哭。

「你什麼時候回來？」

過了好久，他才勉強說，「我明天就去訂飛機，訂好就打電報給你，璀璀。」說了她的名字，他眼淚又滾滾而下。

「你把那雍正筆洗帶回來。大哥要。」

「是的，是的。大哥什麼時候到？」

「很快。星期六。」

「這個星期六？」

「是的。」

「喔。」他有多少話要說，卻不知道從那裡說起。「好，我明天去訂飛機，能多快就多快趕回來。」

「我等你的消息。我來接飛機。」

等他掛了電話，才真正體會到他跟璀璀談了話。一陣狂喜淹沒了他的心府。他從床上一躍而起，走到浴室，晨曦從窗子透進，照在他的灰白的頭髮上。他在鏡子裡看見一個六十歲的人的面孔。不，對現在的人來說，六十歲不老，六十歲如日方中。我要開車到鎮子上那旅行社買飛機票，再去銀行。有許多事要做。

初到北維時，這個春光明媚，鳥語花香的小鎮和擁擠的香港形成強烈的對比。寬闊乾淨的街道上有時一個人也看不見。日子久了，他漸漸發現美國人的生活習慣和中國人非常不同。比方說他們愛說笑話，他也能應付，並且學到幾句他們的俚語。

「這次去那裡呀，胡博士？」旅行社裡那個肥胖的女人問，她看來有三百磅，這在美國並不算稀奇。

「去香港！」他不能抑制心裡的喜悅，咧嘴嘻笑。

「又要去赴會啦？」

「不，這次是去會合我的甜心！」

「會合你的甜心！那麼我們要好好的挑選個路程，送你到香港！」她以為大愚在說笑話，但也逢場作戲，興高采烈地和他研究時間表，坐在電腦前面按鍵子。往常，他搭飛機去赴會，機票是別人付錢。這次他要自己付。他訂了經濟艙位，明天從華盛頓杜勒斯機場飛到舊金山轉機，再飛到東京羽田機場，在機場旅館過一夜，第二天飛香港。他從美國飛回香港多次，知道一定要在東京過一夜，好好的睡一覺，到香港才有精神辦事。他雖然心急要見璀璀，決定這次也要在東京過一夜。想到他星期三後可以見到璀璀，他不覺心花怒放，迅步走到銀行，索性買了五千元的旅行支票。向停車處走去，他經過一家理髮店。平常，他是在學校的理髮店理髮，比外面的便宜。今天他心血來潮，就走了進去。理髮師請他坐在寬大的椅子上，把一張圍巾一揮，蓋住了他的身體，只露出頭顱。大愚又看到他灰白的頭髮。十年前，他的頭髮是黑的。

「洗頭，剪髮，」他說。

理髮師是五十多歲的人，濃眉粗髮，身材矮壯，穿著一件紫色的襯衫，沒有扣鈕子，露出一胸鬈毛和一條閃亮金鍊，大概是義大利人。

「頭髮都白了，」大愚說。

「你心裡感覺到有多年輕就多年輕，」義大利人說。

「是的。」他又笑了。

他本來預備客居異鄉靜渡餘年。現在一切不同了。他好像死了十年，現在又活起來了。他回家之後，通過電話打了電報給璀璀告訴她他的班機，再走到學校，向系主任說他有要事，明天必需飛回香港。系主任是個巴基斯坦人，大愚很少跟他打交道。系主任說，還有一個星期的課要教才放假。

「那我管不了！」大愚說了就走。

回家時他覺得他不應該對系主任這麼說話，但是說後實在過癮。他笑嘻嘻的暗暗再說一遍。

第二章

大清早，大愚乘學校的交通車前往華盛頓的杜勒斯國際機場，要搭八點鐘的飛機飛往二千四百十九哩外的舊金山，飛五個小時，抵達時是十點，因為有三小時的時差，將有足夠時間趕乘中午十二時，飛往東京的飛機。五千一百二十四哩，飛行時間將是十小時四十五分，因為要度過國際換日線，到成田機場將是第二天晚上八時十分。

飛往香港需四小時三十分，一千八百二十七哩。這將是一共九千三百七十哩的旅程，飛行時間共二十小時十五分，在機場候機的時間不算。說遠是遠，說近是近。大愚知道近遠不能以地理計算。在大陸的人即使對香港是近如咫尺，不能出來，等於是天外火星。現在他只需要花兩天的功夫，便又和璀璀在一起。那可以說不遠，不遠。

車子駛過小鎮，他看見個肥胖的黑種女人在街上走，她將頭髮梳成二三十條細小的辮子，上面掛著彩色玻璃珠子，猶如非洲原始土人。她的同伴是個身高七呎的男人，四肢臀部肥厚得像頭起立的黑熊。兩人都在舔冰淇淋。這一幕消失，車子在平滑的公路向前駛。驕豔的陽光照著公路邊翠葱的樹木。他看見三匹棕色的馬在草叢中靜立，一晃又不見了。

大愚喜歡乘飛機。這次踏進機場大廈，他更感到喜悅。十年的憂慮，十年的苦望將成過去。他興致勃勃地走到櫃台驗票，箱子交航空公司直運香港，自己提著個旅行袋，裡面有在東京過夜的日用品，輕盈盈地向機場的穿梭車走去。他已經擺脫了他在美國的身分，或可說桎梏，是個逍遙自在的遊客。

他買了一份華盛頓郵報，一份時代週刊，走進穿梭車，裡面有一半的人已經不是美國人。穿梭車把他們送到候機大廳，他迅步走到他的飛機閘門，在靠窗子的椅子坐下。他要搭的飛機已經停在那裡，像隻銀色大鳥。汽油車在機翼下為它加油，飲用水車，飲食供應車，行李掛車，電力供應車，升降台貨車，貨櫃搬運車都在侍候這架波音七四七。大愚知道，因為他做過研究，它身長二百三十一呎十吋，雙翼寬一百九十五呎八吋，機尾高六十三呎五吋，是六百萬零件製配成的。這是一隻重八十七萬磅的巨無霸，有四個渦輪噴射引擎，可載四百乘客，駕駛艙裡只需三人，服務生十八人。

大愚不是不明白飛行的原理，但是他一生的依靠是刹那的靈通。像這樣一架飛鳥將押他回香港，他是多麼甘心成為它的囚人、多麼情願！

他們在叫他登機了。大愚提著旅行袋，踩著紅地毯向機身走去。鑽入門，裡面的裝飾像戲院一樣，正好戲弄空間時間。他找到他的座位，是37A號，靠窗。拉開旅行袋的拉鍊，取出報紙刊物，塞在座位前的口袋，把旅行袋塞在座位底下，便坐下來了。緊繫安全帶。座位不大，他只好縮手縮腳，但是這增加他的安全感。他將像隻蝸牛躲在機殼裡，無需費一點力氣，讓別人送他到香港。

機身開始微微震動了。這隻信天翁慢步走到跑道，停了停，深深吸了口氣，知道要有足夠氣力飛越二千四百十九哩到達西岸才降落，然後抖擻精神，全身顫抖，大聲嘶叫，以二十三萬二千磅的衝力向前衝，不久就騰空而上，到達巡行高度之後才減低嘯叫震動，疾飛向前。大愚俯瞰，窗外的陸地，像是一張各形各色的小布片縫綴而成的被子，好看極了。

有成千成萬朵白雲飄浮在藍色的天空。機長傳播消息：他們在海拔三萬三千呎的高空飛行，時速六百哩，外面氣溫華氏零下三十七度，吹著時速九十七哩的風。但是在這密封的機身裡，氣壓、氧氣、溫度調節得恰到好處。他看看別的乘客，有的在看報，有的在打瞌睡，他不明白他們怎麼可以對飛行若無其事，不覺得這是奇蹟。

一位空中小姐推著車子來，侍俸早餐，問他要什麼飲料。他覺得他已經擺脫了在地面上一切的約束。他要了一杯威士忌。

餐後，空中小姐請乘客拉下窗簾，滅燈，以便放映電影。大愚在飛機裡從不看電影。他放低窗簾，悄悄留下幾寸空隙讓光線進來，讓自己窺看飛鳥大口大口地吞下時間空間。

大愚就是在飛機上遇見璀璀的。那次他是從香港去印度德里大學赴會。一星期之後，新德里攝氏四十度的氣候，空中的塵灰，交通的混亂，使他感到筋疲力竭。他咳起嗽來。他在機場辦出境手續時被不肯排隊的印度人群推擠，他們的汗酸、體熱和塑膠拖鞋卓卓響聲，弄得他頭痛欲裂。在機場熬到凌晨二時，他才鑽進那無國籍氣味的飛機裡。一位香港空中小姐遞給他一條清香的冷毛巾，他擦了臉、脖子、雙手，好像把印度從身上擦掉了。

飛機在黑夜裡起飛之後，他放心了。窗外一片烏漆，只有在機翼尖端的航行燈閃著閃著，和噴射引擎的火光。新德里已經在後面，香港在前頭。他懸在空中，與地面失去聯繫，沒有任何事需要做。他舒展雙腿，把小枕頭放在腦後，向後一靠，睡覺了。

他不知道自己睡了多久，睜開眼睛向窗外一看，天色仍然黑黝黝的。機艙裡有微微的燈光。他感到旁邊坐著個女人。她靠得很近，使他沒法不注意她。她的長髮觸到他的短袖襯衫，他分辨出一雙嫩白的胳臂，雙手安舒地擱放在膝上。天色漸漸變淡，她頭垂得很低，在睡覺。他想到一朵睡蓮。

太陽升起，他看見她穿著一件猩紅色的旗袍，裹著豐滿的曲線。圓圓的臉蛋，飽滿的雙唇。旭日把白綿綿的雲層染紅時，她快醒了，伸懶腰，抬起頭，像花苞開放一樣，打開惺忪的眼睛。那對小白手擦擦雙腮，她察覺自己所在了。轉過頭來，向他嫣然一笑。

「早晨！」她說的是廣東話，好像對宇宙宣佈一天的開始。她伸出胳臂，反鎖細長的手指，又伸了懶腰。

他想到「豐容盛鬋」四字。

「早，」他用國語說。「睡的好嗎？」

「瞌了一下，」她用國語回答，純正得很。

這時他又咳起來。「哎，對不起，這乾咳是在印度感染到的。」

「你在印度多久？」

「一個星期，太久了。你呢？」

「我是隨著邵老闆到曼谷去參加影展的。我是璀璀。」

一經提及，大愚才想起飛機似曾在曼谷降落。

「我從不看電影，」他唬她說。「我是不是應該聽見過你的名字呢？」

她不在意地笑笑。「世界上沒有什麼應該不應該的。泡沫人生，就算有名氣又有什麼意思？」

大愚揚起一道眉毛。「讓我猜猜看。『南山崔崔』？不像，你並不高大。那麼是玉字旁的璀字吧？『微雪落璀璀』，蘇軾的詩，微雪落得像玉的光彩。這名字起得很好。你是個璀璀生輝的美人。」

這句話很自然的衝口而出。大愚有一種脫離現實的感覺。空中小姐送來早餐時，這種感覺越發明顯。那托盤上裝了一小杯橙汁，小盤子上有一個蛋卷兩條小小的香腸和半個小番茄。托盤盤上還有個圓麵包和一小包黃油，一小盒果醬、一小包糖。他更尋到兩個極其細微的紙筒，一個裝鹽，一個裝胡椒。他不覺失聲笑了。「像在小人國擺家家酒，」他說，他飲了一口橙汁又咳了一聲。

「你咳嗽，千萬不要喝冷東西，」她說。「等一下喝熱茶好了。」

他拿起冰冷的小刀叉，切了一段香腸。

「油膩的東西也不要吃。」

「雞蛋可以吃嗎？」

「看起來好油膩。」

「那麼我沒有東西吃了，」他無可奈何地說。

「吃麵包，塗果醬。」

「吃了還餓怎麼辦？」

「噅，吃我的好了。」她用尖尖的指甲撕開裝果醬的小盒子，把果醬塗在麵包上遞了過來。熱茶來了，她撕開自己那包糖加在杯子裡，用小調羹攪好，送給他。他飲著甜茶，說，「我咳了好幾天，買了幾種藥服，都沒有用。」

「乾咳，服用曇花燉冰糖最有效，新鮮的曇花有滋潤喉嚨的作用。」

大愚以為她在捉弄他。「曇花？這種花我只在小說裡讀到過。一年裡在深夜開一次，開幾個小時就謝了，所謂曇花一現。」

「咦，曇花在香港多得很呢，」她睜大眼睛看他。「我就有兩盆，很容易照顧的，久久淋些水就是了。」

他又咳了一下。「你不是在開我的玩笑吧？」

「當然不是哟！這位先生，問句不客氣的話，您是幹那一行的？既不看電影，又沒見過曇花？」

這些話越來越有趣了。他笑嘻嘻的遞了張名片給她。

「喲！大學教授胡大愚博士！失敬，失敬！」她思索了一下。「您莫非是《再見燕京》的作家？」

「在下就是。」大愚點點頭。

「我真喜歡那本書。你描寫你小時候在你家開的古董店，有一次拿一枚乾隆時代的雕刻橄欖核玩，放在口袋裡不見了，被你的爺爺毒打，我看了又笑又哭。你寫的太逼真了。」

「我小時候很調皮，」大愚笑道。「不懂得珍惜寶貴的東西。」

「又一齋的東西現在那裡去了？在《港裡的故事》你寫到素娥之死，卻沒有提到。」

「那說來話長。」

「你女兒呢？阿梅結婚了沒有？」

「沒有。我的事你知道得這麼多，你的事我卻一點都不知道。」

「你想知道什麼呢？」

「你演過什麼電影？在什麼戲院放映？回香港之後我去看。」

「破天荒第一遭？」

「第一遭，」他笑道。

「我現在沒有上映的戲。我是要有我喜歡的劇本和與我合作得來的導演，才肯接戲。不過下星期威廉荷頓要來香港，六叔要他考慮我當他一部新戲的女主角。」

「誰是你的六叔？」

「哎唷！邵逸夫嘛！圈子裡的人都叫他六叔。」她丟他一眼。「威廉荷頓你聽見過嗎？」

「好像有這麼個美國明星。」

「好像有這麼個美國明星！」璀璀哈哈大笑。

她的嫵媚像洪水般摧毀了他的心防，攻佔了他整個靈樞。

下飛機之後，他想起這次邂逅，他們的談話像是笙簫的餘韻，沁人心脾，繞梟不散。

三星期之後，他在學校裡接到她的電話。「胡教授，我是璀璀。你記得我嗎？」

他愣了一下。「記得記得！在飛機上碰到你的。」

「你的咳嗽可好了？我問的緣故是我涼台上的曇花今晚要開放了。假使你有興趣而又不嫌我冒昧，臨時請約的話，晚上請你來我這裡看花，好不好？」

「你怎麼知道曇花今晚要開？」

「看得出嘛，花瓣鼓得圓圓的。今晚準開。」

「我來!什麼時候來?」

「這樣吧,我預備點小菜,在這兒吃頓便飯好不好?」

她住在窩打老道一座大廈七樓的公寓。小客廳佈置的清靜雅致,牆上掛著西洋油畫,籐椅上有綠色椅墊,圓飯桌上已經舖好兩人用的青玉色盤碗,紅漆筷子,高腳水晶玻璃杯,標致極了。

璀璀今晚穿的是簡單的無袖米色西裝,沒有穿襪子,腳上是一對平底涼鞋,腳趾修得玲瓏剔透,塗著粉紅色的甲油,嬌巧細緻得像小雕刻。臉上沒有抹多少脂粉,長髮堆雲似的盤在頭上,胸前掛著一條很細的白金項鍊,垂著一枚碧玉桃子,襯托著晰白的皮膚。

「好美麗的一塊碧玉,」大愚只能這麼說,不能像在飛機裡那樣直接恭維她長得美。

「這個嗎?你不要見笑。你從小就見過皇妃戴過的翡翠珍寶,這算什麼?」她一舉一動都散發著青春芬芳的氣息。她送上一杯香片,指著涼台上種在瓷缸裡的兩盆曇花,有三呎高,十幾朵白色的蓓蕾分別從平扁多牙的深綠色大葉的刺窩長出來,看得出飽滿的花瓣即將開放。

她請他隨便看報,自己便躲到廚房裡去了。菜桌上有一本他的作品,扉頁上寫著「昨天幸會作者,令我神望,特購此書以資紀念。」等一下她一定會請他簽名。

不久，她端了兩個盤子出來，請他到飯桌坐下。

「胡教授喝不喝酒？」

「你如果是我的忠實讀者的話，那麼你應該知道我喝酒。」

「我在冰箱裡有一瓶白酒，是 **Pouilly Fumé, Château de Nozet** 的 **la Doucette**，味道挺好，不甜不酸，天氣這麼熱，我想飲個清爽的白酒，要比紅酒醒胃。」她到廚房去拿酒來，為他斟了一杯。「噹噹看，有點像橄欖的味道，啜一口後嘴裡覺得甘香。」

大愚仔細品噹地呷了一口。「你的法語在那裡學的？發音很正確。」

「喲，那裡談的到講法語？我母親從前在上海法租界一個法國人開的時裝店裡做裁縫。我們就住在店裡。我學到幾句而已。」

桌上一盤是糟蒸鴨肝，四隻鴨肝對切矗立，像雞血壽山石印章，大愚看了食指大動，撿起一塊送到嘴裡，只覺糟香散馥，鹹中帶甜。

「呀！」他叫道：「好吃極了。」

「是用填鴨的鴨肝做的，特別肥。」

另一盤是醉乳鴿。璀璀扶起筷子為他撿了一塊。「喝一口酒，清清味覺，再試試這個，」她說。「醉乳鴿兩人吃剛剛好。」

他飲了一口酒，撿起那塊鴿子，還沒有送到嘴裡已經聞到濃郁的香味，一口咬下去，味醇肉爽，腴滑而不膩。

「你那裡學會做這麼好的菜？」大愚問，一面吃。

「是我媽教我的。」她說她媽曾經替法國老闆娘做做飯，也替她梳頭。

「你媽在香港嗎？」

「不，她在上海。」她說法國人死了之後，她和母親便來香港。香港都是從大陸逃來的難民，母親找不到事做，只好像許多人一樣，帶她到電影棚長日長夜坐等做臨時演員的機會。就這樣有一次一個導演看中了她，叫她去拍戲。進入邵氏影片公司，她的處女作是一部文藝片，很賣座，就這樣她和邵氏簽下基本演員的合同，但是薪水不多。媽媽有心臟病，她沒有辦法照顧。在上海有舅舅舅母可以照顧她，璀璀只好讓她回去了。她回去以後璀璀寄藥給她，都被郵政局退回。璀璀靜了下來，一臉凝然，輕微地吁了口氣。

「你上過學校麼？」

「上是上過夜班，沒有正式入過學。不過我喜歡看書，有機會就自修。」

他們吃完冷盤，璀璀從廚房捧出一道砂鍋鰱魚頭湯，是用荸薺、芹菜、香菜、蒜子、瘦肉燉的。「這道湯有養腦的功效。胡教授是用腦力的，多吃一些。」

蒜茸炒菠菜，白飯，水蜜桃。飯後一杯普洱茶。他們走到小小的涼台坐下。夕暉映照著獅子山，時而把它染上嬌嫩的鵝黃色，時而收斂，還它原來黑白粗確的面目。空中傳來輕輕的樂聲，大愚看著皎潔的明月在晚靄裡初升，感到璀璀塞一杯白蘭地酒在他手裡。

「**Château de Fontpinot Grande Champagne**，」她說。

「你坐下來休息休息。」

她在他身邊坐下，慵慵的倚著他的肩頭。他不禁把她的手握在自己雙手裡。

「我聽說，溥儀結婚的時候，剛行過禮，皇后鳳冠上裝嵌的珍珠翠玉全部被換成贗品，可有這回事？」

「我也聽說過。」

「那些珍珠翠玉，可曾落到胡家手裡？」

「要有我也不知道，你為什麼問？」

「因為你描寫的清宮裡皇后皇妃的珠寶使我入迷。對我這個裁縫的女兒來說，那種富貴情形像是神話。」

「女人戴一身珠寶有什麼好看？」大愚說。

「佛要金裝，人要衣裝。珠寶是女人的膽，衣服是女人的羽毛，沒有這兩樣東西，怎麼唬人？」

「何必唬人？」

「啊，胡教授，你是大家庭出身的，所以不知道。」她輕輕地說。

大約一小時後，花瓣徐徐展開，花朵怒放時，有海碗那麼大，看似純白而薄帶嫩黃，內面幾層則黃意漸濃，花瓣作杯狀，瓣中雄蕊挺立，飽滿的花粉囊散出濃郁的香氣，上面的雌蕊微微顫抖。同時有十多朵花開放，四處香氣氤氳。他隱隱覺得呼得吸得襲人的香氣，已無情地甦醒了多年來止息的慾望。

天亮以後，大愚走到涼台，看見筋疲力竭的花朵已經凋萎，低低垂下。璀璀走過來，伸手一一摘下。

「燉冰糖給你吃。」

「我咳嗽已經好了。」

「也能降火，涼血。」她嫣然一笑：「嗯？」

她將四朵曇花洗淨，切段放入燉鍋中，加水加冰糖，不一會，送一碗湯汁到他面前。

「曇花含有黏液質，不可久煮，不然就糊了。」

「餘的呢？」

「晒乾後放在冰箱裡，要吃的時候在水裡泡幾分鐘就可以燉了。你再來，嗯？」

素娥臥病床五年之後，在三年前去世。八年來，大愚第一次碰過女人。他把素娥的骨灰從家裡搬至新界的廟宇存放了。

第三章

那天大愚和阿梅從火葬場回家之後，大愚好像是架空洞的軀殼，五臟都給掏去了，血液眼淚都流完了，枯涸了。他一生，除了素娥，從沒有得過女人的愛。

他是父親胡雨村尋花問柳的結果，母親是誰，從來沒有人提起過。他是由父親帶大的。父親是個慈祥開悌，笑顏常開的人。大愚從來沒見過他發脾氣。但是大愚聽說，在他出世之後，父親曾經挺起胸膛，和老婆大吵架，然後把大愚抱進胡家。他們住的四進院大房子在西城，共有三十多間房間。房子是祖父買的，叔祖一家人也住在裡面。除了大海大哥之外，大愚還有三個姐姐。屋子裡盡是酸枝家具，書房四壁的多格書架擺滿玉石陶瓷，商周銅器皿，大廳牆上輪流懸掛名畫家虛谷、趙之謙、居廉、吳昌碩、陳衡恪等等題贈給他爺爺和父親的書畫，地上則鋪天津地毯。

清廷被推翻之後，祖父親自管理又一齋。他有各種古玩的來源，清宮的舊官員、太監現在沒事做了，急於變賣私藏的寶物，有好有歹，有真有假，得到真正寶貴的器物，胡家就珍藏別處，放在又一齋的是敷衍一般顧客的貨色。真有價值的東西要有人介紹才能到胡家來觀賞，來到胡家的有中國、日本和西洋藏家。

大海在十幾歲時就在又一齋學做生意。他是個高個子，粗眉大眼，聲音宏亮，為人八面玲瓏，是祖父珍愛的長孫。他十幾歲就結婚，到二十五歲已經有了一群孩子，為胡家解決了傳宗接代的問題。大海沒有上過大學，卻會講日語英語。他會花幾天功夫帶日本人、西洋人遊頤和園、中央公園、西山、長城、明陵，最後帶他們去參觀紫禁城故宮博物院的寶物。晚上他帶他們去吃館子。洋人喜歡吃辣的，他帶他們上四川館子吃回鍋肉、麻婆豆腐、豆瓣魚、辣子雞丁，吃得那些洋人全身冒汗，痛快極了。日本人愛吃火鍋，大海帶去吃涮羊肉，他自己就能吃兩斤羊肉，六張餅，兩斤花雕。吃完了再去尋歡作樂。祖父年紀大了，父親不愛應酬，又一齋的生意是靠大海拉的。

父親也不善管理生意，但是又一齋要靠他，因為他是老練的鑑賞家。人家拿來賣的東西都要他鑑定，才決定要不要買，出什麼價錢。父親的書房裡塞滿字畫碑帖書籍，大桌子上總有五顏六色的瓷器，珠寶等等，和他的放大鏡。大愚一放學就到書房去看他研究這些東西，聽他講故事。

父親說，瓷器是我國最早發明的工藝美術品，在紫禁城裡清代收藏的最多，因為除承接明代宮內舊有的以外，並且在景德鎮御窯大量燒造，同時更廣事搜求前代的珍品。尤其是在乾隆時代，內外臣士競相進奉。而其中有稀世珍品，如北宋的汝窯，是青瓷的極品。汝器產量不多，所以流傳極少。乾隆皇帝曾譽為「晨星真可貴」，可見有多稀罕。在故宮裡僅僅有二十三件。

這些故事令大愚聽得神往，耳濡目染，他不知不覺的學到不少鑑賞的方法。大海更早就跟父親學了門竅。父親的嗜好是收藏瓷器。有空時，父親就帶著大愚到各古玩鋪裡去走走，或到琉璃廠去遛達。那裡有許多古玩鋪，父親獨具慧眼，有時會撿到寶貝，向大愚眨眨眼，不告訴別人，就自己收藏起來。

大愚是父親一手帶大的。家裡有老媽子，父親不要她們管，小時擦鼻涕擦屁股都是爸爸來。長大一點，兩人更形影不離。父親愛種花，在春天他會買花籽花木回來，兩人便在花園裡刨鬆泥土，蹲在地上撒花籽種花木。花籽出芽了，要除掉弱小的，太密的則要在陰天雨天移栽。他們種的有鳳仙花、月季花、茉莉花。兩人可以在花園裡忙一整天，等到河東獅子厲色叫喊，他們才站起來。

大愚兩三歲時，有一次隨著哥哥姐姐叫過這個女人一聲「媽」。「婊子生的！誰是你的媽？」父親的老婆狠狠地罵道，「你再叫我一聲媽，我抽斷你的脊梁骨！」大愚沒有再叫過她一聲什麼東西。

「河東獅吼矣！」父親聽見她咆哮，小聲對他說，「我們要小心一點」，他解釋說，蘇東坡寫一首詩說，「忽聞河東獅子吼，拄杖落手心茫然。」大愚望望那河東獅子，偷偷的笑。

夏天，榆樹枝葉茂密，使花園蓋在綠影下，孩子們在樹蔭下玩捉迷藏。大愚要是湊過去說，「我也要玩，」總給姐姐臭罵一頓。「婊子生的，不跟你玩！」或是「窯子裡拾回來的東西，呸！」

河東獅子越把大愚看作眼中釘，大愚越受姐姐們奚落，揶揄，父子倆的感情也就越濃越深。秋天，父親帶他去西山看紅葉，喝玉泉水泡的茶。胡家的男人身材高大，濃眉大眼，父親是例外。他長得矮矮胖胖，一對小眼睛。回來時，兩人依偎在人力車，大愚嘴裡塞滿冰糖葫蘆，手裡拿著一包糖炒栗子，他覺得可以永遠這樣在秋風中穿過一條條街，不必回家。

冬天，柿子滿樹紅黃。過了年，仲春二月，花園裡的杏花樹掛滿萬千紅點，不想小小蓓蕾一夕之間迸放齊發，一樹紅香，使大愚心神蕩漾，應接不暇。

「要想吃好杏，就要打枝，」河東獅子說，「花多了果子少。」

她帶頭領姐姐們，老媽子拿著棍子打，打得杏花紛紛落地。大愚覺得她們好像在打他一樣，他哭叫，「不要打了，不要打了！」但是他越叫，她們打得越狠。他眼看昨日的芳馨盡成髒泥、慌亂心傷，隱隱覺得女人比男人強悍，難與解喻。

大愚畢業中學的時候，中日戰火已經燎起。他血氣方剛，跟一些同學跑到後方，一路跑空襲，逃避日本兵，有時在祠堂鋪稻草的地上睡覺，有時擠在貨車中三天三夜翻山越嶺，有時走一個星期的路，到了昆明，他再到呈貢，從那裡騎馱馬到徽江，考進中山大學。學生住的是泥磚茅屋，吃的是紅色苦味的糙米，碗裡的沙子和稗子要挑出來，才可以下嚥，配以白煮蠶豆。

抗日勝利之後，他已在後方大學畢業，喜歡寫作，文章時在紙報上發表。回到家裡，父子相見有說不盡的滄桑和嘆慨，祖父叔祖老邁了，河東獅子死了，姐姐們出嫁了。大哥倒是精神煥發。大愚回來，他大擺酒席歡迎。他詳細詢問了戰時後方的情況，讚許大愚堅忍苦幹的精神。他告訴大愚說，胡家這些年來委曲求全，以古玩字畫和日本佔領軍及傀儡政府委蛇周旋。

多年來在後方感受的委屈艱苦犧牲迷惘失望，一霎間排倒而來，充滿擠塞了大愚的胸膛。他大聲嚷道：「我們和日本鬼子苦鬥八年，犧牲了多少人命才得勝利，沒想到你們不但沒有貢獻，反而和日本人來往！」

「你的火氣真大，」大海沉靜地說。「你難道要我們家破人亡？」

大愚覺得家裡的氣氛好像停滯在三十年代，令人窒息。他一面在一家報館做事一面向美國大學研究院申請入學。

「中共勢將佔領北平，」大哥說，「現在外國人大多到香港去買中國古玩，不來北平了。我想去試一試，在那裡闢開一條新路。」大愚很贊成，他煞費唇舌，才勸動父親一起去。「父母在，不遠遊，」父親說。

「去看看，想回來就回來，」大愚說。

一拖再拖，三人終於在中共佔領北京前夕帶著劉寶春和一批骨董到了香港。劉寶春和大海年齡差不多，是在胡家長大的。早年，他家是河北富庶的地主，一夜之間家人被土匪殺光了。寶春一人僥倖，逃到北京，流浪街頭。有一天他走到胡家門口，看見牆裡的樹長著又紅又大的柿子，便爬牆進去偷吃，給大愚的父親看見了。這孩子長得眉清目秀，問他為什麼偷柿子吃，他答得有規有矩，頭頭是道。雨村留他在花園裡幫忙，不久看他聰明，就送他到學校唸書。中學畢業之後，寶春就在又一齋做事。他一心想報胡家的恩，什麼都肯做。他念佛，一句廢話都沒有。從北平搬古董到香港千頭萬緒的手續他一手辦妥。

誰知香港的古董汗牛充棟，俯拾皆是。湧到這裡的難民因為需要現錢，拋售家裡收藏的銅器、陶瓷、玉器、漆器、琺瑯、服飾、法器碑帖、名畫、圖書、文獻。

大海在荷里活道，租了個小舖位，算是又一齋的分行，擺一些不怎麼值錢的東西。他與同業聯絡，大家都搖頭嘆氣。這個年頭生意不好做。一座唐三彩馬只賣三百美元。一隻明成化青花罐在倫敦拍賣，只得一百五十鎊。

他們在半山區租了一層公寓，那怎麼能和北平的庭園相比？父親在這裡住不慣，不會說廣東話，不喜歡亞熱帶悶熱潮濕的氣候，一直說要回去，但捨不得大愚，要等他動身去美國讀書之後才回去。大愚已經考進耶魯大學文學研究院。

沒料到在鎮反運動，中共把祖父叔祖抓起來，加以盜竊紫禁城的寶物的罪名，在群眾批鬥會上當場槍斃。又一齋的寶物「交還人民」，胡家大大小小，連祖母都下放勞改。

父親得到消息，在床上臥了十幾天，大愚對他說話，他都聽不進去。「我的心下到十八層地獄，魂兒都還沒有回來呢，」他說。神志清醒之後，他說他決定回北平去。

「爸，你不能回去的，回去只有也給抓起來批鬥！」

「我回去，也許有辦法救救他們，」父親說，語氣平靜得很。

大哥也要回去。他瘦了十幾磅，面色灰白。「回去看看，大不了下放就一起下放好了，日子也許可以熬過來，」他說，「他們都在裡面，我一個人吊在香港，過什麼日子？」他哭了。

老劉孑然一身，不回去。早年時什麼樣的驚濤駭浪他都遇見過。他願意留在香港照顧又一齋分行。

大愚內心痛苦得沒有興趣去美國了。

「不，你照樣去，」父親說，「你不像大哥，有嫂嫂孩子要照顧。你好好的去唸書。」

他們知道這次離別也許再難見面。「我們不要通信，和美國有信件來往會引起嫌疑，」大哥一面說話一面擦淚。「有什麼要你知道的事，我會設法讓老劉知道。」

啟程之歲，父親從口袋裡拿出一個紅絲袋，對大愚說，「我留下這串翡翠項鍊給你，這是慈禧太后戴過的東西，將來你娶親，讓媳婦戴上。你要好好的讀書，成家立業，為胡家活下去。不要掛念我們。」

他打開絲袋，拉出一串二百二十五顆玉色明淨均勻的翡翠塔珠雙排項鍊。每顆玉珠的直徑從十二·五厘米到三·三厘米，用白金鑽釦釦住。

大愚送父親大哥上九廣鐵路火車之後，自覺是棵斫斷了根的樹。他癡癡呆呆，在街上亂走，最後拿著翡翠項鍊去找老劉，交給他保管。他到美國留學，不想帶這件東西。老劉絕對靠得住。又一齋在香港的東西都交給他保管了，多一串項鍊不算什麼。

又一齋的鋪位退了之後，老劉在荷里活道小同鄉梁泰開的古董店找到一枝之棲。他答應父親看時機，又一齋的東西能賣掉就賣掉，給梁泰一份佣金，其餘的存在銀行，將來大愚需要錢用，可以從那裡支付。

老劉身材矮小，像一根竹桿，臉上沒有一絲皺紋，講話溫和文靜，猶如爐火純青，不帶一點煙塵氣。他住在骨董店樓上一間小房間，收拾得一塵不染。大愚去找他時，他正在把父親交給他保管的東西抄一張清單要給大愚。他寫一手蠅頭毛筆小楷。

「大少爺有一張，這張是二少爺的，」他說。

「我拿這個有什麼用？」大愚說，「你記賬就是了。」

「不，老爺交給我保管的東西，我不能隨便。這些東西現在不值錢，誰知道以後會值什麼價錢？」

「你自己要花錢就從銀行裡拿。」

「我一個人過日子，只求果腹，花不了什麼錢。」

「老劉，請你教我，怎樣可以安心？」

「人是命運，國家是氣數。命運到了氣數盡了，誰都逃不過。帝王家或是共產黨，都有稱霸天下的時候，也有衰落滅亡的時候。」

「我性急，我要現世活報。」

「二少爺，你燒香嗎？」

「你是說菩薩能使我安心？」

「你看我這窗盤上放個香爐，我每天三次，每次燒上一支香。晚上臨睡之前，默念一百遍菩薩。二少爺，你照我這個樣子做做功課，總是有益無害的。佛經上說，如夢幻泡影，如露亦如電。無常一到，萬事皆休。早上還是公子哥兒，晚上就沿門求乞。慈受懷深禪師這樣說：

萬事無如退步休，
本來無證亦無修；
明窗高挂多留月，
黃菊深栽盛得秋。

大愚坐船抵達舊金山之後，便乘火車，一路聽見車輪轟隆鏜鎝地載他向東，送入異鄉的黑夜。他整夜夢見父親和那已經失去的家園，鐵軌無情，他離家越遠，緬想家人故園的情懷越益深沉縈繞，纏綿不去。

另外一列火車的汽笛長嘯刺入他的耳朵，把他吵醒。他坐了起來，抹掉一頭的汗。車廂裡好熱，前前後後擠滿黃頭髮，粉紅色的睡臉，長腿伸到通道的美國人。他覺得不應該醒來，看見他們的睡態。我在這裡做什麼？他自問。窗外的山川房舍田園原野不斷變換，是阿肯色？懷俄明？堪薩斯？他不知道。想到在彈指四十年之間，祖國從推翻清廷建立民國，以至軍閥割據內戰頻仍，北伐成功，國共分裂，繼而征勦不息，終而日寇侵華大陸淪共，說不盡的苦難煎熬，人事滄桑。夕陽雖幾度紅，青山雖在卻哀鴻遍處了。他在美國唸完書以後，將無家可歸。

車輪不息滾動，吞噬了千里路程，他終於到了紐約，換車北上紐海文，他以長途旅行結束了。耶魯大學的古老建築物看起來像西方動話書裡的插圖。走過綠色方場，瞻望塔尖高插天際的教堂，咋見鐘聲，他又自問：我在這裡做什麼？

大愚只有從報紙上所登有關國內的消息，猜測家人的遭遇。他不知道父親和大哥是不是也被扣上反革命的帽子，被槍決了或是在勞改。他看見消息說，北京酷冷，他會想到，父親不知道是不是仍然有那件長絲棉袍可穿。天氣稍暖，他想起河上冰溶時隨著河流衝來的鮒魚的滋味，父親和大哥是不是被送到忍抗飢荒試驗所，以吃造紙的木材纖維為生。

幸虧他遇到素娥，愛上她，和她結婚，情緒才穩定下來。她和她在天津的家人也失去聯絡，但是她比他強韌。「你一定要挺起腰板來，為胡家堅持下去，」她說，「你要能抑制自己的感情。在這種年頭，中國人有誰沒有悲痛？」

她的眼睛像鑽石般明亮，圓圓的臉，身材苗條。她在唸音樂，彈一手好鋼琴，不一定有才華，卻有刻苦鑽研的精神。她有自知之明。「我不是藝術家，是匠人。你不同。我看過你在報紙上發表的寫作。你的文章裡有一股止遏不住的情熱。」

她鼓勵他把心裡的感受寫下來。就這樣，他開始寫《再見燕京》。

他們在一個寡婦的房屋樓上租了一層公寓，房東太太的客廳裡有一部鋼琴，她允許素娥用來練習。大愚寫作時，許多已經淡忘的往事在腦海逐漸浮現，歷歷在目。有時他寫得身心匯注紙上人物、故事，渾忘身在何處，直感到素娥的雙臂緊抱著他，把他抱回現實世界。「緊抱住我，永遠不要放鬆，」他說。

他們手拉手，踩著路上積雪去上課，雪片繽紛，像朵朵棉花飄飛而下。一些無憂無慮的美國青年嘻嘻哈哈的，彼此推倒雪中。晚上還在下雪，回家時，路燈載著一圈黃色一圈藍色的光環，空中布滿千萬飛舞的幽靈。大愚感到被美國包圍住了。他開始呼吸，吸收這新環境能給他提供的滋養。他埋頭看書，海明威、史坦貝克、福克納、路易斯、沃夫，還有愛默生、梭羅等等。這些作家的作品，有的他看過中文譯本，現在讀原文，滋味濃郁，大為不同。

但是他最深刻的感受是，戰後的美國漸漸復元，而祖國卻遭逢浩劫，生靈塗炭。有時他和素娥會在深夜，在寂寞冷落的街上，高唱抗戰時候流行的「長城謠」：

萬里長城萬里長
長城外面是故鄉
高粱肥，大豆香
遍地黃金少災殃
苦難當，奔他方
骨肉流散父母喪
四萬萬同胞心一樣
新的長城萬——里——長——

一九五七年，他們雙雙取得博士學位，回香港受聘在大學任教。小女雪梅剛剛五歲。在美國時，大愚和老劉通訊，詢問家裡情況，老劉總是以秀麗的毛筆字回答，「家人平安無事」，多一句話都沒有。這幾年大愚在美國的生活費是靠出賣又一齋的東西維持的。古董市價雖然比一九五〇年時好一點，但是大愚手頭並不寬裕。

回到香港，大愚第一件事就是去找老劉。老劉一點也沒有變，烏黑的頭髮梳的光光滑滑，穿著乾淨整齊的衫褲。他請大愚到茶樓飲茶。

「老劉，家裡的人怎樣？」

老劉撿起一枝鳳爪，慢慢咀嚼。「老爺把馬列主義讀通了，」他輕輕地說，「他把一件寶物送了給『人民』，不但洗清了胡家的罪名，全家大大小小回到北平老屋子住。大少爺還分配到在故宮工作的職位。」

「我以為又一齋的東西早已都交了出去。」

「顯然沒有交完。老爺從香港回去後，交出去一件汝窯粉青筆洗。」

「一件什麼？」

「汝窯粉青圓筆洗。」

「我不知道家裡有一件汝窯瓷器！」大愚叫了起來。

「我也不知道，」老劉說。「故宮本來有二十三件，都給國民黨搬到台灣去了。這一下子你父親的貢獻大了。共產黨不但為胡家摘了帽子，以後搞什麼運動胡家都不怕。」

「你怎麼知道的這麼清楚？」

「我回去過。」

「你為什麼沒有讓我知道？」

「這些事最好不要寫在信上，所以我沒有告訴你。你父親是把那個筆洗埋在花園地裡。他回去後自動寫了檢討書，把自己罵得一文不值，把筆洗從地裡挖出來，捧著那件東西，一起獻了上去。」

「獻給批鬥胡家的人？」

「大少爺交流很廣。他認識文化部的人，從上面壓下來。」

大愚知道家裡大家安好無事，大哥居然還派到故宮工作，自然很高興，可是，家裡怎麼還有這麼稀有珍貴的寶物，而只有父親一個人知道？他回家把消息告訴素娥。

「我不相信，」素娥說。「那裡有這麼值錢的東西？」

「汝窯瓷器是北宋時代的東西。大約是在九百年前，宋徽宗因為不滿意定窯燒製的白色瓷器，所以設汝窯製造青色的瓷器取代，窯工造出釉色腴潤，製作精純的青瓷。生產期在宋末短短二十年間，所以存世的極少。目前世界上大約僅僅有六十多件。」

「怎麼只有你父親知道你家有這個筆洗？」

「我爸做人深藏若虛。像把我抱回家那天，誰都不相信有這回事。不過汝器實在流傳極少，怎麼會有一件落到他手裡？有個可能是，溥儀自己從宮裡偷出來的。一九二二年，溥儀想逃出紫禁城到外國去時，他籌備經費的方法就是把宮裡最稀有最寶貴的金石陶瓷書畫故籍，以賞賜弟弟溥傑為名，交他運出宮外。溥傑每天下學回家，必帶走一大包袱，帶走的東西都是出類拔萃，精中取精的珍品。裡面如果有汝器也無足為奇。偽滿成立後，日本人把這些東西運到東北，以後就不知下文了。」

他們在太子道住了下來。有一天，老劉拿了一本書來找大愚。那是北京故宮博物院出版的《故宮陶瓷選萃》，彩色印刷，非常漂亮。老劉翻到第一頁的插圖指著大愚看，說明是：

汝窯粉青圓說

器內外壁均施粉青色釉，釉面滿佈細碎紋片，部份呈麟狀裂紋，口緣釉薄處，呈淺粉紅色，底有支釘痕三，露黃色胎。高4.3公分　深2.9公分　口徑13.5公分　底徑6公分　一對之一

北宋，公元十一世紀末至十二世紀初

汝官窯器的燒製年代，約在北宋徽宗大觀元年（西元一一〇七年）的前後二十年間，當時因為定窯白瓷有芒，特別命汝州設窯燒造青瓷，以供宮廷使用。汝瓷造型莊重大方，胎質堅硬，釉質瑩厚如堆脂，青雅素淨，明亮而不刺目，世人有「似玉、非玉、而勝似玉」之讚美。

老劉把書留下來，笑笑，沒說什麼就走了。

過年時，大愚向老劉要回翡翠項鍊。素娥一看，叫道，「哎呀！這麼寶貴的東西！」

「快點戴上！」大愚說。

那項鍊，圓潤晶瑩、碧綠、鮮麗，襯托著素娥嫩白的臉蛋；大愚一看，狂喜地叫道，「娥，你真美。平常你穿著一件白襯衫一條藍布裙子就很美。你穿著漂亮的旗袍，掛著這條項鍊，有一種特異的光彩。我真有福。」

他們和阿梅到照像館拍了照片留念。

大愚愛熱鬧，買了許多糖果年糕預備招待來拜年的人。素娥溫雅韶秀，人見人愛。無論是同事、學生或是工友，她都慇懃招待，並且分紅包給學生和工友。阿梅看見這麼多人來拜年，興奮得蹦蹦跳。自從離開北京，大愚沒有這麼開心過。《再見燕京》不久之前出版，銷路非常好，也是他快樂的原因。

他要素娥貼身戴著那串鍊子，說人氣養著翡翠會越來越光。但是素娥說，這東西太寶貴，過了年便把它放在銀行的保管箱裡。以後每年只有一次在過年的時候拿出來在大愚和阿梅面前，慎重其事地佩戴。

「讓我戴戴看！」阿梅有一次說。素娥便將項鍊從頭上捧起，掛在阿梅頸上。阿梅高興得跳來跳去，素娥只好叫住她，說，「你還小，不要戴這個。這是胡家傳世之寶，是你爺爺給爸爸的，要他結婚的時候給媳婦戴。阿梅，將來你結婚的時候，媽給你戴。以後你生兒子，就給媳婦戴。」

以後每次素娥帶起鍊子的時候，都對阿梅這樣說。

第四章

素娥是在一九六五年發現有遺傳性的糖尿病。糖尿病是由於胰腺不能生產足夠的胰島素以致身體不能正常利用食物中的糖和澱粉質，因而在血液和組織中積聚糖，能引起身體各部病患。這種病可以用改變飲食習慣和注射胰島素控制。素娥很快學會自己注射胰島素。醫生說，家裡也要有別人會注射，以備不時之需。大愚戰戰兢兢地在自己手指上戳了又戳，學會了打針。但是咬緊牙根，第一次為素娥注射時，他手發抖，注射太多胰島素，使她昏厥過去。大愚嚇壞了，從此不敢再為她注射。倒是十三歲的阿梅心定手穩，能為媽媽注射。

儘管細心照顧，素娥的病況還是日漸惡化。她的血管壁衰弱而形成微動脈瘤，她有了視網膜病，眼睛出血。他們有個笨頭笨腦的傭人，由阿梅指導，做極簡單無味的小菜，少加油，少含糖份、水果、米飯、麵點都少吃。大愚覺得應該陪她這樣吃，所以在家裡常常吃不飽。素娥必須定時進食，不能提早或延遲。大愚每天中午必打電話回家問她吃了東西沒有。「我有鬧鐘，也不會忘記，」她和以往一樣鎮靜，「大愚，你不要這樣神經質。」「這是出於我太關心你，」大愚難過地說。知道她沒事，他才在學校附近的巷子裡一家山東人開的饅頭舖子買兩個結結實實的大饅頭，一碗酸辣湯，一碟滷肉，狼吞虎嚥地吃下去。

素娥病患相尋，進出醫院多次。她已經停經，雙腳因為動脈發生阻塞而潰瘍。大愚回家之後，便盛一盆溫水，替她洗那雙冰冷，出膿的腳，細心擦乾，散了藥粉，才把雙腳放回被子裡。千百個顧慮在他腦裡起伏。素娥的醫藥費把他們的儲蓄用光了。又一齋的東西已經不剩多少，偶然賣一件，也不能解決問題。阿梅變成小大人。她像母親一樣鎮靜，長得像爸爸，高高的身材粗眉大眼、瘦長的臉被亞熱帶的太陽晒得黑黑，頭髮剪得短短的。真光女校的學生誰都討厭那寬鬆藍布旗袍制服，到週末總要穿起漂亮的西裝，三三兩兩相約出去逛街。大愚勸阿梅也出去玩玩，但是她不肯，她寧願在家裡服侍媽媽。

素娥的問題越來越多。最後她因為腎臟功能衰弱住進醫院。她知道情況不妙，終於失去平常的鎮定。要去醫院那天，她顯得焦躁不安，在家裡東張西望，看見書架上擺著他們三人合照像，指著說，「那串項鍊留給阿梅。」

大愚每天去醫院陪她，為她抹去帶血的淚水，坐在床邊握她的手。阿梅在中大讀書，放課從沙田趕回來，兩人輪流陪她，就在阿梅在陪她，大愚在醫院餐廳吃一盤炒飯時，素娥突然說，「找爸爸來。」大愚趕到時，她已經去了。

素娥遺體火化之後，大愚大喝起酒來，喝醉之後呼天搶地的呼叫，恨不得也死了。他就這麼醉醺醺昏沉沉地，不知道過了多少日子，等到有一天，阿梅走到他面前，把酒瓶拿開，說，「爸，不要再喝了。我受不住。」

她臉上的表情使他楞住了。他頓然醒悟，他應該在她面前裝出常人的樣子，照樣吃飯，工作，才對得起她。也許他這樣做救了他，他逼使自己把創傷掩蓋起來，躲藏在心靈深處，靜待周圍的神經全成痲木，厚結痂疤。

女兒不能代替妻子。阿梅在讀大學二年級。她說她想搬去沙田的宿舍住。大愚一口答應。她早該過自己的生活了。

「爸，你不會有事吧？」

「你放心。我沒事。」

他辭了女傭，單獨住。他突然有了沒有享過獨來獨往的自由。除了每星期教幾小時課之外，他無所事事。有時他暈頭暈腦的睡覺，像在冬眠，醒來時不知道是什麼時候，肚子餓了，便跑到街上，貓在大牌檔吃東西，然後在路上亂走，越擠的地方越好，在摩肩接踵的人群中走，使他好過些，不覺得那麼孤零。在旺角看見斷手斷腿，趴在地上，躺在地上的乞丐，他總是停下來，細讀他們用粉筆在路面上寫的遇難經過，往往慷慨地投給他們大把零錢，甚至十元二十元，心想大家一樣是靠一枝筆吃飯的，唯一的分別是他寫在紙頭上，而他們寫在路面上。

有時他會修改乞丐的文字，或指出用字的錯誤。一對瞎子的十幾歲的兒子在路面上寫出他們的遭遇，大愚讀後覺得故事生動，但是寫得不好。他要了一塊爛布把地上的字擦掉，替他重寫，然後和他們蹲在一起，看看他寫的會不會使更多人慷慨解囊。但是沒有。他的文字顯然更不值錢。那個孩子大不高興，他把大愚寫的擦掉，重新寫他自己的一套，邊寫邊咒罵大愚。

生活是個大學堂，他要學。他不怕辛苦不怕髒。放暑假時他去做建築工人，在驕陽下雙手持著電動鑽地機挖馬路，全身隨機震動。金屬機鑽挖開路面的噪音震耳欲聾，塵灰遍佈頭手髮膚，跟隨他的呼吸進出鼻孔喉嚨。晚上，拖著一身疲憊，他和別的工人在天橋下躺在骯髒的鋪蓋上倒頭大睡，不做夢。

大愚也駕駛的士，在熙熙攘攘的街道上看見香港百態。除了香港，還有那裡可以在莊嚴的英國銀行門口賣臭豆腐？還有那裡可以站在行人道上觀看彩色電視機播出股票價格的起跌？香港人孜孜不倦地勤奮工作。凌晨三點，夜總會關門了，摩天商業大廈的燈光卻不滅，在那裡的辦公室裡股票經紀在利用國際時區的差別，使香港走在世界股票市場的前頭。

香港人拚命工作，也是為了接濟家鄉的親人。他們生產紡織品、成衣、玩具、電器用具等等。這些東西並非全部是在現代化的工廠中製造的，其中有許多是在木屋中或在公共屋邨的擠迫單位裡，用一台衣車或用手拼出來的。

這個彈丸之地好像經常處於崩潰邊緣。颱風襲來，會把建築物摧毀，成一堆敗瓦和頹垣。吞噬木屋的火災在一夜之間使成盈千萬的人無家可歸。難民數以萬計從大陸擁來，以致把社會福利計畫的進度拖慢了數年。香港人生活在這個擠迫的地方（在香港島、九龍和荃灣市區，人口密度是每平方公里二萬八千五百人），因此他們常常使人覺得他們做事爭先恐後，總是一窩蜂的向前衝刺。他們大多背上沉重的包袱，多年來一直把辛勞所得接濟家鄉的親人。家鄉的人只要開口，香港人便寄錢寄藥，寄衣服，為他們買錄音機和電視機。大陸變幻多端的局勢時時縈繞著他們的心靈。內地在搞什麼運動？大躍進？吃大鍋飯？百花齊放？什麼？過兩個月「右派」就被清算了？噢？劉少奇被抓起來了？什麼叫做無產階級文化大革命？毛澤東打個噴嚏都會使港人嚇得屎尿交流。

晚上肚子餓了，大愚就到大牌檔吃東西。叫一碟白灼牛百葉，蘸辣油吃，自備一瓶竹葉青，邊吃邊逗人講話。「阿伯，家鄉在什麼地方？裡面有多少人？他們有消息沒有？」香港人好像沒有離開家鄉一樣，同鄉人聚在一起，互相照顧。揚州人開設理髮店，裁縫師傅大多是上海人，河北山東人則經營古董生意。每個地方的人講自己的方言，吃家鄉味道。每年農曆新年期間，有五十萬人攜帶各式各樣的禮物回鄉探親。他們看到家鄉親友什麼東西都沒有，往往把什麼都留下來，僅穿身上的衫褲回香港。

不過，你說香港這地方是阿鼻地獄嗎？不是的。是狄斯耐樂園！這地方自由，好吃又好玩。商業興盛發展，政府每年都有數十億元的盈餘，這麼一來，香港中貧變富，成為了共產主義門檻上的一個資本主義堡壘。它是自由企業的典範。噢！這裡還有李小龍的電影「歡樂今宵」的電視節目好看，還有金庸的武俠小說，新馬仔的粵劇，張子岱的足球，鄭棣池跑馬，都教你不知道怎麼分的出時間去欣賞。你在這裡想怎樣就怎樣，愛打麻將就打，沒有人會批鬥你。啊，說句良心話，這鬼佬管的地方實在不錯！

還有人記得嗎？香港島是一八四二年中國在鴉片戰爭戰敗之後割讓給英國的。英國發現當地環境適宜，想取得九龍半島駐紮軍隊，經英國駐廣州領事與兩廣交涉後獲得九龍半島南端（北至界限街）連同昂船洲的永久租借權。一八六〇年，訂立北京條約之後，九龍半島正式割讓給英國。歐洲其他國家和日本相繼要求中國租借土地，一八九五年中日戰爭結束後，中國割讓台灣給日本。德、法、俄三國更提出租地要求，局勢緊張，英國認為要防衛香港，必須取得鄰近土地的控制權。在一八九八年，在北京簽訂條約，中國同意將九龍界限街以北直至深圳河的新界地域以及二百三十五個島嶼租借予英國，為期九十九年。但中國軍艦仍有權使用九龍城的碼頭，中國並且保留九龍城的行政權力，惟不得與保衛香港的武備有所妨礙。但是在一八九九年底；英女皇會同樞密院議決單方面撤銷這項條款，由英國接管九龍城。

一九九七年，九龍的租約滿期。那時候怎麼辦？誰曉得？反正還有二十多年，不必去想它！

大愚所看見的現象，所聽見的故事，回家之後寫個不完。他從不打掃家裡。起先阿梅每星期來一次，為他打掃和送髒衣服去洗衣店。垃圾桶裡有幾隻空酒瓶，襯衫上的汙漬是什麼，這條長褲怎麼弄的滿是塵灰？她都要研究。爸，你有多久沒洗澡了？你在幹什麼，弄成這個樣子？

「你不要管我好不好？」大愚說。「我對你說過，我不會有事。我不愛向你做每週報告。」

阿梅不來了。

老劉來，他說，自從美國廢除禁止中國貨品進口條例以後，中國古玩珠寶的價值飛漲。

阿梅去找他，問他又一齊的東西還有什麼可以賣，因為她想在畢業大學之後到英國深造，需要錢。可惜又一齋值錢的東西在素娥生病的時候都賣完了，所剩的玩意兒沒有什麼價值。他帶來一個粉青色筆洗，說是雍正仿汝，仿得和獻給共產黨那個一模一樣，說是他點查存貨的時候找到的，問大愚要不要。

「這東西連大小都和老爺交出去的那件一樣，」老劉說。

「雍正時代的仿汝真夠功夫。」大愚說。「後世再也不能仿做。這東西留下做紀念品。」他嘆了口氣。

「這種年頭，有家難奔，有國難投！」

大愚深覺對不起女兒。「阿梅，你有重要的事應該和我商量，為什麼去找老劉？」

「你常常不在家。」她說她想考倫敦的學校，不知道考的上考不上？只去一年，取個會計師資格回來好找事做。飛機票要多少錢，學費，生活費要多少，她清清楚楚地說給大愚聽。大愚說好極了，我設法湊出錢來讓你去留學。

阿梅注意到書架上那個筆洗。「這是什麼東西？」

「是老劉拿來的雍正仿汝。我看它就想到爺爺。」

第二年大愚所作《港裡的故事》出版之後，意外地榮獲國家文藝獎，把他嚇了一跳。
他飛去台北領獎時，深信寫這本書的過程，救了他一命。

第五章

飛到舊金山機場，大愚提著旅行袋下機。舊金山的氣候有點涼意，天上有雲。他深吸了一口清新的空氣，大步走到國際機場大廈，坐了五個小時的飛機，活動活動筋骨使他精神抖擻。走去航空公司的櫃台交驗機票、護照。服務員是個華人。大愚已經飛了二千四百十九哩，大約四分之一路程，還有六千九百五十一哩要飛，但是他看見周圍許多黃膚黑髮的男男女女，感到距離雖還遙遠，亞洲的氣氛已漸濃厚。

他在國際自助餐廳裡要了一碗日本湯麵，扶起筷子捧著碗唏哩呼嚕吃下去，很過癮。日本人喝湯不用湯匙，是他所知道許多瑣碎的趣事之一。吃了麵之後他在貨幣兌換處換了些日圓和港幣。自覺自己幾乎已經在亞洲。走到書報店，他買了一份三藩市紀事報，再向登機走廊走去，在免稅商店裡逛了一下。他喜歡這種好像不受任何國家管轄的感覺。他挑了一條Hermès名牌真絲圍巾要送璀璀。一百五十元一條，乖乖！但是十年沒見面，送一條圍巾算什麼？大愚記得她喜歡圍絲巾，走起路來雙端在身後飛舞，或在胸前打結，或抓在手裡，淘氣的時候用來拂他兩下。他再買一瓶香水，六十元。忍不住又買了一瓶蘇聯 Stolichnayi 牌的 Pertsovka 伏特加和一瓶路易十三世白蘭地。璀璀愛喝白蘭地。她曾經拉他到文華酒店頂樓的酒吧喝酒。他從來沒有去過這個全港頂貴的酒店。在那裡俯瞰海景和九龍的燈光，美極！渡海的小輪船像點著蠟燭的生日蛋糕在穿梭港九，遠處一串串的燈光像聖誕樹上閃耀的燈。酒吧裡多數是衣著華麗的洋人。這是遊客眼中的香港，美麗繁榮的香港，消費者的天堂。他沒有從這個角度看過香港。

大愚走到閘門，時間還早。他坐下來看報，看到一段新聞：「法國外交部長路易・賈本德抵達北京作七天訪問。賈本德將與中國外交部長吳學謙會談，並且可能謁見中國最高領導人鄧小平。」

他又唸到：「根據加州一位調查員的報告，在洛杉磯外四十三哩的聖大巴巴拉島上的海鷗，有百分之十四是同性戀愛者。牠們是限於雌性海鷗。動物生理學家傅勃說，『除了性交之外，這些雌鳥的行為和正常的一對配偶完全相同。牠們孵蛋，衛護地盤，而且在求愛的時間會有一隻鳥擔任雄鳥的角色。』」

大愚抬起頭來，覺得旅途中種種片斷印象交錯揉雜令人迷亂。他翻到家庭婦女版，讀到「日本某一牌的麵包烘箱，現在備有『葡萄乾警報。』在麵包烘好六分鐘之前，警報鈴響，那便是加葡萄乾的時候了。」大愚把報紙摺好，不再看了。他從窗外又看見一架波音七四七。這次要一口氣越洋飛到日本。要乘這架飛機的絕大多數是日本人。要登機的時候，那些日本人提著在免稅商店買的酒、香煙和裝在紙盒裡的凍牛肉上去。為什麼要帶生牛肉去日本？他又略微感到脫離現實。實際上，他們這批過客已經脫離現實世界，處於完全人造的環境中。他緊跟著那些日本人上飛機。他的座位是38A號，靠窗。他坐下後繫緊安全帶。再過二十四小時他就到香港。他迫不及待，恨不得馬上起飛。但是三四百人上飛機，是需要好一個時候。

來了個瘦小的棕種人，可能是印度人或是馬來人。他穿整整齊齊的套裝，提著一個漂亮的公事包，在38B座位坐下。還好，最怕的是來個大胖子坐在旁邊，一路霸住兩個位子之間的扶手。

「哈囉，我叫做拉烏星。」那人伸手握大愚的手。

大愚也自我介紹。

「這個飛行需要幾小時才到成田，你知道嗎？」

「十小時四十五分。」

「真久，真久！你可曾想過，我們要飛去東方，卻在向西飛？」

「這話怎麼說？」

「我是從東岸的紐約飛到西岸的舊金山，現在繼續向西飛到日本。你知道這是什麼道理？因為地球以中歐為中心。日本，中國都在中歐之東，所以叫做『遠東』。但是以日本、中國、印度來說，歐美都在東方，我們卻說在西方。這樣顛倒方向，是因為數百年來白人在地球上稱霸的緣故。現在亞洲人應該團結起來，重新認定方面，改變東方西方的定義，你同意嗎？」

「這個我沒有想過。」拉烏星的話無可厚非，使大愚的脫離現實的感覺加倍。

「我是『促進修訂世界方向協會』的總幹事，」拉烏星說著遞張名片給大愚。「我們在紐約剛開完年會，我現在要趕到東京去和一些同情者聯絡，我們要做的事太多了。」

大愚問，「星先生，你是印度人嗎？」

「我有印度血統，有中國血統有玻里尼亞血統，大概也有白種人的血液在我的動靜脈裡循環，我不以此為榮。我是瑙盧島人。這個島大多數人沒有聽見過。我們八方哩的共和國，在斐濟群島的西北，離巴布亞紐基尼不遠。人口八千，我們本來由美國、澳洲和紐西蘭共同治理。二次大戰時，我們被日本人佔領，只有一千三百人倖存。戰後，聯合國把瑙盧人變成託管區，由原來的三國統治。但是我們瑙盧民要獨立。在聯合國的壓力下，三國政府終於屈服。一九六八年一月三十日，瑙盧獨立了。你是中國人嗎？」

「是的。」

「去那裡？」

「香港。」

「香港是英國帝國主義皇冠上最後的一枚寶石，到一九九七年要把這枚寶石歸還中國。今年是一九八五年，只還有十二年。你對去年英國和中華人民共和國關於香港問題的聯合聲明有什麼意見？」

大愚深吸一口氣。他們早已起飛。星先生有可能一直跟他談下去，直到成田機場，但是他只好敷衍他。

「去年全世界為波蘭高興，因為華勒沙推翻共產主義的政府，解放了波蘭人民。在同一個時候，以民主國家之母自居的英國首相戴卓爾夫人卻同意把擁有五百萬人口的香港領土還給中國共產黨政權。把領土送掉是有前例的，但是沒有一個國家把一整個社會送給共產黨主權國家的先例。」

「向來，不列顛把領土還給本地人的時候，他們會設法留下個民主政體的結構，無論是非洲的津巴布韋也好或是南美的格林那達也好。唯有香港不同。英國人在香港不留下民主政體結構，打算把五百萬人送給顢頇、跋扈的政權，是為什麼？」

「因為英國人要做生意，而在他們的眼裡，我們還是一群黃色土人。」

「你認為『一國兩制』行的通嗎？」

「開頭，在表面上也許可以維持這種制度，因為大家要做生意。就像托馬斯·曼在《威尼斯之死》中描寫的情形。雖然瘟疫在侵犯那個城市，而知情的人紛紛離開，但是商人和官方都否認有這回事。然而香港本質不能不變。中共在北京成立政府之後，昔日在井崗山和延安窯洞裡的人物都雞犬登仙，成為新貴族，現在他們和他們的子女深居中南海養尊處優，錦衣玉食。將來派到香港的高級幹部將在山頂的別墅過同樣的生活。慢慢的，香港人將注意到變化。公務局不再修路了，醫務發展計畫慢慢停止人民要走後門才分配得到廉租屋。環境汙染將越來越嚴重。人民解放軍駐新界，警察向北京報告，教育統籌委員會由北京的人控制，勞工法例由他們決定，諸多此類的事不勝枚舉。

「另一方面，新貴族們在大酒店賒賬而不付錢，自然還有一大群動物向他們搖尾獻媚。

有奶便是娘。」

外面天空蒼白，大愚看看手錶，已經飛了三小時。

「撥動你的手錶！」拉烏星突然發令，「我發現，克服長途旅行的時差，最有效的辦法就是一上飛機就把手錶校到你目的地的時間。比方說：我是去東京。那裡現在是凌晨三點鐘，我就開始用那裡的時間計算應該做什麼。不管外面太陽高照，在凌晨三點，我是要睡覺。這樣等我到東京便不會因為我還在按照美國時間計算時間，而感到很累。把你的手錶撥到香港時間！」

「無需撥動，因為我的手錶仍然是美國東岸時間。東岸和香港正好有十二小時的時差。晝夜顛倒。東岸是下午四點鐘，便是香港凌晨四點。」

「你平常在凌晨四點鐘在做什麼？」

「睡覺。」

「那麼，我們兩人都睡吧！你要服一粒安眠藥嗎？」

「不要！謝謝。」

「那麼，晚安！」

大愚內心笑。這樣也好，省得和他談個不完。

他閉上眼睛。凌晨四點。璀璀一定也在睡覺。「我平安無事，」她信上說。在電話裡聲音也還好。那時我頭腦不清楚，否則應該問她身體好不好。到香港之後第一件事是要她從小鬍子那裡搬出來。九龍女青年會應該有空房。要讓她有機會適應香港的生活，給她買些衣服。在文革的時候，只要穿西裝或是臉上有點脂粉的女人，都會被紅衛兵當做資本主義的走狗。她一定飽受驚慌，不再在乎打扮了。

大愚告訴自己，心裡要有準備，要保持鎮定，無論她變成什麼樣子都不要吃驚。等她復原，心身安寧，真正體會到艱難的日子已經過去，今後她不必再因為他而受委屈，甚至被打被辱，那時，等她恢復了，他們要到婚姻註冊署去正式結婚，才帶她到美國。大學的醫藥保險包括配偶。她要做一次徹底身體檢查。

璀璀愛花，她會喜歡他住所的環境的。他那幢小房屋前面有柳樹杏樹，在後面的小花園裡他種了許多花。他是在維吉尼亞北部住了一段時間，才知道那裡和北京的緯度只差兩度，氣候和北京一模一樣，四季分明。怪不得在北京有的花木那裡也有。他在外國住得越久，越懷鄉。他在花園裡種了在北京老家園有的花，但是最使他想家的還是他房屋前面的兩株杏樹。到了仲春，樹枝開著穠豔的淡紅花。再沒有人因為貪吃杏子來打樹枝。

大愚有時在晚上會坐在樹下獨飲，想起蘇東坡放逐密州時，於丙辰中秋歡飲達旦，大醉所作兼懷他的弟弟子由的一首詞：

水調歌頭

明月幾時有？把酒問青天。不知天上宮闕，今夕是何年。我欲乘風歸去，又恐瓊樓玉宇，高處不勝寒。起舞弄清影，何似在人間？　轉朱閣，低綺戶，照無眠。不應有恨，何事偏向別時圓？人有悲歡離合，月有陰晴圓缺，此事古難全。但願人長久，千里共嬋娟。

現在他又要和璀璀在一起。他在美國的日子不會再寂寞。秋天，香濃道山谷的楓葉變紅，可以和香山的媲美，他要帶她去觀賞那滿山滿谷的美景。有紅得像火燄的葉子，有緋紅的，有金黃色的，在秋陽的光輝下驕矜豔麗得有點過分，燦爛繽紛得令人目眩。

他要帶她去華盛頓的水上花園。那裡的蓮花有長得六呎高的，花朵有籃球那麼大，其實並不好看，反而顯得粗俗。在美國樣樣長得比較粗大。一條蘿蔔兩尺長，但是沒有中國蘿蔔那麼嫩。一條鯇魚可以十幾磅重，味道沒有香港的鯇魚那麼鮮美。在亞洲有的東西在美國幾乎都有，卻不怎麼對勁。他的花園裡有一排竹樹，第一年春天，雨後果然長出春筍。他欣然割下煮來吃，卻發現味道是苦的。

他有多少話要和璀璀說，多少可笑可泣的回憶、感觸、夢想！窗外天空一片蒼白，只在天邊有幾堆濃聚的灰雲和散佈天穹的幾顆微星。他看看手錶，飛了六個小時，如列子御風而行，如鵬乘風而飛，他快要看見璀璀了。

第六章

在曇花開放之後不久，有一天璀璀來到他的公寓說，「邵老六發現我去了上海探望我媽，不肯和我再簽合約，因為台灣是影片的大市場，而我因為去了大陸被他們列入黑名單。」

「什麼？」大愚說。「你不是說六叔要介紹你和威廉荷頓見面？」

「吹了，」璀璀抽抽噎噎地說。「我住的地方是邵氏付的房租，也給退了。大愚，你能不能收容我？我走投無路！」

她把公寓佈置得生氣勃勃，愛買薑花，插在大甕裡，散出的清香使他聞了覺得自己的氣息也是芬芳的。她學過日本插花，說插的花一定是單數。「留一點缺憾，才是美的。」

「我以為你的命中和我的一樣，已經太多坎坷了。」

「單數插出來的花叫做生花，就是有希望的花。」

他向她傾吐心底最深處的祕密。素娥死了，他幾度想自殺，但是為了阿梅所以活下來。他在她的胸上哭了。她拍拍他，柔聲說，「不要緊，有我在這裡，我不會離開你。」他說，自從素娥死了，他不再吃炒飯。她說，「我不做炒飯給你吃。」

她愛聽音樂，晚飯後她放留聲片，一個人左一擺右一擺輕飄飄的跳起舞來，一面輕輕地唱著法國歌，「賽納河」，「巴黎的窮人」和**Edith Piaf**唱出名的「愛情頌」：「你若是死？我也跟著死，我們將在永恆裡互相恩愛。」

「你那裡學到這麼多法國歌？」

「我爸教我的。」

「你爸？」

「就是那法國裁縫，叫做**Guy LaFarge**。我媽是他的姘頭。」

「那麼你是法國人？」

「他是，我不是。我沒去過法國。我只從歌詞裡聽說過巴黎和賽納河。我是中國人。」

最後她把他從沙發椅拉起來共舞，直到不知不覺，兩人糾纏在一起。

下課之後回家，璀璀總是圍著一條大圍裙，在那冷落久已的廚房預備晚餐。她的巧手做出許多美味的菜餚。她知道他愛吃麵點，會蒸出又大又結實的饅頭，配以北京辣白菜、火爆腰花，吃得他心滿意足。秋天大閘蟹上市，他們倆去嘉連威老道挑選。先是蒸熟醮薑醋吃，再來是炒青蟹，燴蟹糊，最後還要剝蟹肉熬蟹油，留到冬天下麵蒸包子吃。

北角哪個小巷子裡炸出的油條最香，哪家館子的菊花鍋子最好吃，哪裡可以買到天梯鴨掌，哪家的涮羊肉是用手切的，因為機器切出來的肉片吃到嘴裡木渣渣的，她都曉得。璀璀帶他去的地方是他不曾認識的香港，到南丫島索罟灣吃海鮮，到半島酒店吃下午茶，那裡的雞肉三明治最好吃，到文華酒店去品酒。

他當然沒有忘記素娥。他仍然把他們和阿梅合照像片放在書架上。有一次璀璀指著那串翡翠項鍊說：「好美的一條項鍊！在那裡？」

「在銀行保管箱裡。」

「玉器像人，要空氣陽光，放在保管箱裡太久，會失去光澤。」

「你說得對。我要記得去銀行就把它拿出來。」

他的朋友知道他們在同居，他並不瞞他們。他們卻從來沒有碰到過認識璀璀的人。但有一次，大愚因為身體有點不適，下午兩點回家。在門口聽見兩個人用上海話在吵架。他開門進去，發現一個二十幾歲的男人。兩人都沒有注意到他進來，繼續吵下去。璀璀穿著睡衣赤著足，頭髮凌亂，嘶著嘴唇，扯著喉嚨指那個人的鼻子兇狠狠地罵道：「畜生！烏龜王八蛋，儂若是要阿拉養活儂，儂就要委屈點，勿然儂多唸幾聲佛，讓夷渡儂上西天去！」

那男人在冷笑。他頭髮梳的光滑滑，臉上似乎擦過雪花膏，小鬍子，白襯衫，黑褲子，發亮的黑皮鞋。兩人看見大愚，都嚇一跳，不吵下去了。

「儂走啦，走啦！」璀璀推他。那男人就走了。

「他是什麼人？你們吵什麼架？」大愚問。

「沒有關係的啦，」璀璀的聲音又變得柔軟。「他來向我要錢，我不肯給他。我狠狠的罵他幾句，他以後不會再來的。」

「他是什麼人？」

「是個理髮師，愛賭博，賭光了就向人要錢。」

「他跟你什麼關係？」

「他是個遠親。你放心，你這裡我不會隨便讓人進來。你的東西一件也不會少。」

那男人以後沒有再來，這件事就過去了。

阿梅從中文大學會計與財務學系畢業之後去英國讀書，第二年取得會計師資格，在回港之前已經謀得在香港一家外國銀行的職位。大愚在她回來之前寫信告訴她，爸爸現在有個伴侶。她飛到香港，大愚去接機，心情有點緊張。

阿梅在英國一年，長得更堅實，她精神奕奕，一點也不顯得長途飛行的疲倦。她長得有大愚那麼高，濃眉大眼，頭髮仍然剪得很短。大愚帶她到咖啡廳飲茶，她興高采烈地敘述她在英國讀書的經驗，和將在銀行裡做什麼工作。她話講得很快，像連珠砲一樣發射過來。她賺多少薪水，房租津貼有多少，每年有幾天假期，有什麼醫療保險，甚至退休金怎麼計算，她都仔仔細細地告訴大愚，流利地交互使用國語，英語，廣東話。她像素娥一樣現實，但沒有素娥的嬌媚。大愚偶然發現阿梅沒有看過他所寫的書，他雖然覺得奇怪，但並不放在心上。

「有沒有男朋友？」大愚看見她那麼愉快，又充滿自信，為她高興。

「沒有。」阿梅微笑答道。

「據我所了解，女孩子唸到大學三年級如果還沒有固定的男朋友，她母親就會拉起警報。你媽過去了，我不知道怎麼拉警報。」

「噢，爸，你落伍了。現在女子何必結婚？」

「你不是搞女權運動的吧？」大愚笑道。

「女性解放有什麼不好？女人樣樣會做，何必靠男人呀？」

「單身女性逞強，是空城計，是紙老虎，」大愚說。他還想說，都是沒有找到對象的女性在搞女權運動，幸好沒有說出口，「阿梅，自從媽媽過去之後，爸爸很寂寞。現在我有個伴侶，你回家就看見到了。」

阿梅說，「爸爸一個人住是寂寞的，這樣也好，有人作伴。」

她顯得很明理的樣子。

「她很會燒飯，在預備一頓飯歡迎你回家呢。你的房間，她也預備好了，她會理家。」

「爸，你看來紅光滿面，一定是她照顧的效果。」

大愚看的出，阿梅猜想他的伴侶是個四五十歲的管家婆，身材矮壯，會燒飯會洗燙，一清早就挽著菜籃上街買菜，閒下來時，戴起老花眼鏡在燈下縫縫補補。他設法校正這個印象。

「璀璀是看過世面的，她還會講法語，也懂英語。」

「爸是在那裡認識她的？」阿梅顯然沒有聽見過璀璀的名字。

「在飛機上。那次我去新德里開會，飛回來時她在曼谷赴會之後上飛機。湊巧坐在我旁邊，我們談起來了。她唸過我的書，很喜歡我的作品。」

大愚看得出，在阿梅心目中，他的伴侶已改為一個教育家，一個頭髮斑白，近視很深的老小姐，愛好文學，一身素色寬旗袍，一雙好走路的平底綁帶黑皮鞋。

「她是演電影的。」大愚再解釋，「不過近來不拍戲了。」

阿梅皺起鼻子，這是她在思考時的習慣，「叫做什麼名字？」

「璀璀。」

「我想不起來。」她心目中是個早已退出銀壇的演員，稀疏的頭髮染的太黑，並且露出半寸乳白髮根。身體瘦成骷髏骨，怕冷氣，打麻將時肩上披著自己用鈎針編織的黑毛線圍巾，乾癟的雙手炒得出香噴噴的江浙菜，回憶起陳雲裳、陳燕燕、李麗華的舊事，笑得滿臉打起皺紋，正好和爸爸作伴。

「那也沒有什麼不好，」阿梅說。

早上，璀璀已經把家裡打掃得一塵不染，玻璃窗和鏡子都擦得亮晶晶，大花瓶裡插著傲骨的劍蘭。

「啊呀！你就是阿梅呀！長得真像你爸！」開門之後，她一把拉住阿梅的手，牽她進來。「快點休息休息，從倫敦飛來，一定累煞了。」

璀璀穿著一件黑色旗袍，臉上抹了一層薄粉，沒有戴首飾，越發顯出她的自然美。

阿梅的眼光在璀璀身上溜了一陣。顯然，她沒有料到璀璀是這麼年輕、漂亮。她的笑容消失了。璀璀拉住她的手不放，兩人在沙發上坐下來。

「大愚，你給她倒杯汽水來，人家這麼遠飛來，一定口渴得很。」

「不必了，我們在機場已經喝了茶，」阿梅很不自在地說。大愚不能怪她。這個家本來是媽媽的，現在換了個年輕漂亮的女人，阿梅怎麼會喜歡？大愚是不是要璀璀代替媽媽，只希望她們做朋友。

「來看看，你房間你還認得嗎？」

阿梅的房間裡有一套新傢俬，新床蓋。大愚的臥房裡的傢俬也是全新的。阿梅睜大了眼睛看，沒有說什麼。

不久，璀璀說開飯，她端著一盤蒸鴨肝從廚房走進來。「阿梅，你在英國一定好久沒有吃地道的中國菜了，來來來，嚐嚐這個，看合不合你的胃口。」她夾了一塊鴨肝放在阿梅的盤子。

「這道糟蒸鴨肝是璀璀的拿手，」大愚補充道。桌上還有涼拌三絲和油爆蝦。璀璀一一夾給阿梅。

「我說的沒錯吧，阿梅？璀璀的烹飪功夫好不好？」大愚說。

「很好吃，」阿梅板著臉，勉強說，和在機場時判若兩人。阿梅呀，我們在討你喜歡，璀璀做了許多菜，你起碼也裝出笑臉來，你又不是小孩子了。

「來杯酒吧？」大愚說。「這麼好的菜不喝酒怎麼行？那箱 **Louis Latour** 牌的一九七〇年的 **Corton-Charlemagne** 還有嗎？」

「有的。我冰了一瓶，這就去拿來，」璀璀又跳起來到廚房去。

「爸，你又在喝酒了？」阿梅說。

「喝一點白酒有什麼關係？」

「不要又喝得大醉。」

「不會的，」大愚忍著氣說。他不是忘記了媽媽，但是璀璀使我復活了。阿梅，你結了婚就會明白，男人需要女人，就像草木需要水份。女人也需要男人，這是天經地義。不要坐在那裡給我訓話。我已經不是三年前的爸爸，你也不是三年前的阿梅。他想在她臉上找往日的同情心，找不到。

璀璀拿了酒回來時，阿梅忽然說，「璀璀小姐，我現在想起來了，我在電視上看過你的舊電影，許多年前拍的一部歌舞片。我想不起片子的名字，但是我記得你在銀幕上跳美國大腿舞，揮著大腿踢來踢去。」

阿梅！阿梅！豁達一點！你心胸寬大一點，人會更可愛。

「阿梅，你大概記錯了，」大愚說，「璀璀拍的是文藝片。」

「不，她沒有記錯，」璀璀笑道。「我是拍過大腿戲，都怪你不看電影，所以不知道。」

「拍大腿戲有什麼不好？」大愚說。「現在的女子穿比基尼三點游泳衣，露出的豈止大腿？」

阿梅的臉一沈，不再說話。

「來來來，喝酒喝酒，歡迎你回家，阿梅！跟你爸乾一杯！」

「爸，你知道我是不喝酒的。」

阿梅，你還是好好的學學怎樣做人。你不會舉起杯子做個樣子？

「璀璀，你應該教阿梅打扮打扮。我這女兒聰明本事，就是不愛打扮，從小就這樣，我很擔心她沒有男朋友。」

他不知道自己講錯什麼話，阿梅的臉變得通紅，她不斷用手絹擦去臉上的汗，低下頭，眼睛變得遲鈍。

「哎唷！」璀璀叫道，「大愚，你錯了。像阿梅這種年齡不需要打扮。這樣樸樸素素最好。這是她的黃金時代，人家正要踏進社會做事，誰想交男朋友呀？我羨慕煞了，我早年要是有機會好好的讀書，也不至於在銀幕上搖大腿。」

還是瓘瓘圓滑。阿梅顯然很尷尬，快掉眼淚了。要是素娥還在，阿梅從英國留學回來，不知道要多高興，大愚想。阿梅，你要知道，我在想儘辦法使你前途幸福。這一點你要明白。

瓘瓘從廚房端出一碟痲辣黃瓜，盛在一隻粉青碟子裡。阿梅突然叫道，「你怎麼用那隻瓷器盛小菜？」

瓘瓘嚇了一跳。「這隻碟子有什麼不好？」

「那是爸爸的寶貝古董！」

大愚看了也叫了起來。

「啊唷，這是我的雍正仿汝筆洗！你千萬不可用來盛小菜，沒有損壞了罷？」

「沒有。一隻假古董能值多少錢？」瓘瓘奇怪地問。

「小姐，這不是假古董，仿古和假古董有分別。假古董是冒充古董的贋品。仿古的是照古代的模樣和釉色燒製的東西。雍正時代的仿汝窯瓷器能媲美北宋時代的東西，」大愚大聲說。

「爸爸不應該隨便把它擺出來，假使打破了多可惜！這東西有錢也買不到，」阿梅深吸一口氣說。

「你說得對！」大愚說。「我這就把這寶貝收起來。」

他把筆洗拿到廚房，把黃瓜倒在另外一隻碟子。仔細看看筆洗，還好，沒有損壞。他拿到客廳的櫃子鎖起來。翻過頭來，他看見璀璀滿臉不高興。

「我是隨便拿隻碟子來盛黃瓜的，我並不知道那是什麼東西。」

「你當然不知道，那件仿汝窯的瓷器我特別珍惜，是有原因的。」

「什麼原因？」

「這話慢慢說。」這頓飯吃不下了。阿梅說她不餓，睏了，便到自己的房裡去了。

兩星期之後，阿梅從家裡搬出去。銀行有房租津貼，她和一個女同事在銅鑼灣合租一座小公寓。大愚怎麼留她都沒有用。搬出去那天，大愚和她在茶樓飲茶。

「璀璀在什麼地方得罪了你？這兩星期來她對你招待得無微不至，處處為你設想，要討好你。你如果看不起她因為她是做戲的，那阿梅，你未免太小氣了。」

「我不是看不起做戲的，不過我看她一舉一動，聽她說的話，都是虛偽的，她對人沒有一點真情，像做戲一樣，都是假的。你愛她，她不見得愛你。」

大愚生氣了。「他不愛我，為什麼和我住在一起？」

「她在佔你的便宜。」

「佔我什麼便宜？她什麼都沒有向我要過！」大愚提高聲音說。

「她已經花了你不少錢，一套套的新傢俬，一箱箱價錢高昂的法國酒，還有一櫃子的衣服，不都是你買的？」

「我們那些舊家具早該換了，你真沒有道理！」

「爸，你小心不要上她的當。」

「上什麼當？上什麼當？」大愚大叫。

「爸，你太老實，我不要你將來受傷害，所以說這些話。你太容易受騙了。」阿梅哭了，抽抽噎噎好久，才勉強抑制自己的情緒。「哼，連那糟蒸鴨肝都不是她自己做的，是豐澤園買回來的。紙盒子扔在垃圾桶給我看見了。」

「要從豐澤園買回來就從豐澤園買回來！」大愚怒不可遏，大聲叫起來，「難道憑這個就說我上她的當？你太不講道理了。」他站起來就走。在路口走了好久，心裡非常難過。阿梅對璀璀有偏見，是因為她和璀璀比起來，太不像樣了。儘管，她是留英回來的會計師，外國銀行的高薪職員，女人到底是女人，醋心好大。要是她媽還活著就好。我不知道怎樣管教她。

大愚在路上亂走，越想越生氣。年輕人自以為無所不知，還想要教訓我！膽大包天！不要想她了。回家。

屋裡沒有聲音。璀璀在沙發上睡覺。他仔細看看她。實在可愛。堆雲似的烏髮襯托著嫩白的臉蛋。她睡著時有一分平常看不見的稚氣，阿梅胡說八道。我會上什麼當？她醒了，伸出春耦般的手臂，拉他坐在身邊。「你不生我的氣罷？」

「生你什麼氣？」

「我是儘量討阿梅的好，反而得罪了她。因為我，你們父女的感情破壞了。」

「沒有這回事。現在的年輕人都不肯在家裡住。她要搬出去住是很自然的。」

「還有，我用你的寶貝古董盛黃瓜。」

「你以後不再用它盛小菜就是了。」

「你說的汝窯瓷器是什麼東西呀？」

大愚把汝窯的歷史講了一遍，又告訴她，那件仿汝筆洗是父親從香港回去北京時留下來給老劉保管的東西。

「你說過，雍正時代的仿汝可以亂真。你怎麼知道你那件東西是真品還是仿汝的？」

「當然是仿汝。我父親是有名的鑑定家，不會手裡拿著一件汝器以為是雍正時代的東西。」

「他怎麼辨認呢？」

「有許多方法。鑑定家會研究釉色、胎質，所謂胎，即器物的坯子。用一個放大四十倍的放大鏡可以看出胎質裡的氣泡組織。宋朝瓷器的氣泡組織不均勻，而雍正時代的氣泡比較小而組織比較均勻。汝器的青裡隱含淡碧和淺粉紅色，是氧化鐵經高熱燒製的結果。還有別的方法辨認，如釉裡的細碎紋片是什麼樣子等。」

「一件汝器值多少錢？」

「那是無價之寶。汝器燒造時期很短，在南宋時，汝器已經受重視。乾隆皇帝比喻它如晨星那麼少。現在全世界只存六十多件。」

「什麼東西都有價錢。你隨便估估。」

大愚把父親捐贈他家的粉青筆洗獻給共產黨，保住一家人的生命的事講了一遍。

璀璀臉色發白，雙手變得冰冷。

「噢，大愚，我想了就害怕。那件仿汝筆洗對你是多重要。你看到它就想到家人，我要是不小心打破它，你永遠也不會寬恕我的。你還是快點把它存在銀行保管箱裡吧！」

第七章

兩星期之後，阿梅用一個大信封，把電影雜誌和畫報過去二十年來，關於璀璀的報導的剪報，包括璀璀和大愚戀愛的花邊新聞，統統寄去學校給大愚。璀璀二十年前已經在銀幕上露面，身上極少遮蓋，高揮大腿跳舞。當時電影界風氣比較保守，璀璀露胸露臀的大膽作風令人驚駭。報上常刊出她的照片，而她的影片場場滿座。她成了許多男人追求的對象，常在交際場合出現。某輪船公司的老闆挽著璀璀的手走入舞會，過新年時璀璀坐在一名英國警察的膝上飲香檳酒，璀璀穿著海軍制服上身，斜戴海軍帽，露兩條大腿，向來香港度假的美國水手行禮。她幹下不少風流韻事，後來懷孕，指個有錢的印尼華僑要他認賬。那人知道璀璀浪漫，不肯認賬，於是鬧上法庭，結果璀璀輸了。還有一次，她被連卡佛公司控告順手牽羊，偷竊一枚鑽石戒指，送警究辦。她大叫冤枉，說她只想在陽光下看看鑽石的顏色，所以走出店門。法院令她把戒指還給連卡佛，罰款五千元，並且禁止她再光顧該公司。

璀璀此後沒有拍電影。她嫁了個做地產生意的鉅富，那人不久因心臟病突發死亡。她再嫁給台灣一個金融界大亨，那人後來被控欺詐和盜用公款，被判七年徒刑。無情的記者說，璀璀是剋夫相。

大愚讀完所有剪報之後，好像吸了毒品，一下子發冷，一下子發熱，頭暈得站不起來。原來她是這麼一個女人！有多少男人嚐過她的糟蒸鴨肝，飲過她的冰糖燉曇花？

他走出學校，想吸些新鮮空氣。四十多歲了！看不出，但是以她的談吐，做人的圓滑來說，倒比較像四十多歲，不像二十多歲的女人。那些照片和新聞報導在他腦裡縈繞動盪，沒想到他和她同居這麼久，而不知道她是這樣一個女人。他不知道自己是憤怒還是傷心，只覺心血痛如絞。

終於回家。他在用鑰匙開門的時候，有點害怕。他要對她說什麼？

璀璀在廚房做飯，穿著一件便衣一雙拖鞋，嬌小無邪，和她在畫報裡的照片判若兩人。

「累了吧？」她說，「我給你倒杯威斯忌蘇打來。」

阿梅說過，她一舉一動都是假的，像在做戲一樣。她在不在做戲？她又擰了把毛巾給他抹臉，在他身邊坐下，抓起他的手，說，「哎唷，指甲長了，我來替你修。」

他把手挪開，感到這些服務像日本藝妓一樣。

「你休息休息，我去廚房。」

他一點胃口也沒有，也不說話。飯後她收拾盤碗，在客廳坐下。

「什麼事呀？」她說，「你心情這麼差？我有沒有做錯事，得罪了你？」

「不能說是你做錯了事，得罪了我，因為我們去年才相識。阿梅寄了一包東西給我，就在這裡。」他把信封交給她。她取出剪報，乍看之下，微感詫異，接著卻看完一張放在茶几上再看第二張，不慌不忙，看了約有半小時，終於看完了。她抬起頭，睜大了眼睛，疑慮地看大愚。

他感到噁心，可恥，下流。她的過去，像陰溝裡的汙水在淹沒他。他感到異常羞愧，他和那些卑鄙的人同玩一個女人！

「那個姓魏的現在還在坐牢吧？」

「在監牢裡生癌症死了。」

沒有死又怎樣？大愚想，他自己又沒有和璀璀結婚。

「一切都過去了，我生命中只有你，假使你不知道我對你的感情，那麼我也沒有辦法告訴你，」她輕輕地說。

照理現在他應該把她摟在懷裡，告訴她什麼都沒有關係，要緊是他們彼此相愛。但是他沒有這樣做。他不能再碰她。啊，他對不起素娥，對不起阿梅，對不起自己。要愛惜羽毛。怎樣打發她走？

第二天她像往常一樣，比他先起床弄早點。他起身刷牙洗臉後出來，飯桌上已經擺好一體軟滑的清粥，一碟的醬瓜，一小碗辣蘿蔔，一小碗肉鬆。她笑吟吟，用那蘭花般的細手為他添粥，昨天的事像雨過天晴，沒有踪影。她一舉一動和平常沒有分別，只有對他更加慇懃。

下午回家時，她照常在燒飯或是已經燒好，在客廳裡看書，等他。留聲機放出柔軟的抒情音樂，滿屋子薑花濃郁的芬芳，那嬌嫩的臉蛋沒有一絲掛慮。「啊，你回來了！」那雙雪白的手臂懶洋洋地伸出來歡迎他，那雙春葱似的細手為他解領帶。有時他怕自己忍不住叫出來，「不要做戲了！」他自覺家裡養了一隻會吃人的大貓。他有點怕她。

她永遠笑吟吟，沒有一點脾氣，一滴眼淚。如果她和他大吵一頓倒要好些。他會跟她說，「你對我說的話沒有一句是真的。什麼到曼谷參加影展，邵氏不再和你簽約。你根本十年沒有拍戲了。你在窩打老道的公寓是誰付的房租？什麼你去上海探視生病的母親？」通俗小說和壞電影裡，每個墜落的女郎都有個生病的母親。故事發展到最後，女郎收到一通電報，母親病危。她一去不返。

但是她不給他吵架的機會。他晚回家，她不問他去了那裡。他不講話，她若無其事，也拿一份報紙看。他不碰她，她照樣翻過身去睡覺，第二天照樣起來弄早餐。這樣可以僵持多久？恐怕她的耐力要比他強，有一天，他會不知不覺地滑入原來的深坑，無條件投降，甘甘心心被她吞了。

冷不防，她走了。給他留下個條子：「大愚，我不願意使你和阿梅之間有誤會。我今生做過許多錯事。我不要又加上一個錯誤，破壞你們父女的感情。為你自己，為了阿梅，你不要找我。」

她把東西帶走了，屋裡收拾得乾乾淨淨，但是處處都是她的影子。他在鏡子裡看見她在梳那頭如流雲一樣的濃密長髮，在床上看見她那圓潤滑膩的身體。她用的香水氣味仍然彌滿臥室，她踩過的地毯，她種的紫羅蘭，無一不在他腦裡作祟。有一天他拿起她留下的一張唱片。什麼！Guy LaFarge是「賽納河」的作曲家！她把我當作大傻瓜！她所說的都是謊話！

初秋的涼意已經在空中。他患了嚴重流行性感冒。他打電話給阿梅說，璀璀走了。請她買幾樣藥物來給他。他頭痛欲裂，喉嚨發炎，聲音沙啞，全身筋骨痠疼。

阿梅下班以後帶來藥品，維他命C丸，葡萄適，利賓納，保衛爾牛肉汁，麥維他消化餅乾。她為他探熱。他發高燒。她給他藥吃，為他沖牛肉汁，要他多飲葡萄適和利賓納。

「你自己休息休息吧！」大愚勉強說。

「我不累。」

那晚他醒來幾次，她都坐在床邊，還穿著銀行的灰色制服，有點像個修女，或是舍監。他發高燒，全身感到輕飄飄，像在駕雲，身體一直上昇，心裡一急，又墮了下來。阿梅給他喝很多水，又試熱，說明早不退熱的話，要去看醫生。他搖搖頭，身體軟弱得沒有辦法跟她爭論。

第二天他的燒退了一點，他好像好一點。阿梅給他烤麵包，泡了一壺茶，他又服了藥片，頭靠在枕頭上，耳朵裡好像有蚊子嗡嗚作響。他聽見阿梅打電話向銀行請假，講一口漂亮的英語，把她要交代的工作說得清清楚楚，笑聲向對方致謝。這個好孩子從小就會照顧自己又會照顧別人，沒有給過他或素娥一點麻煩。他聽她在電話裡講話，好像被帶到一個理性的世界。她又替他打電話給學校請假，他非常感激。他朦朦朧朧睡了又醒，醒了又睡。房裡瀰漫著白樹油的味道，淹沒了璀璀的香水氣味。沒有她也可以過日子。

大約兩三天悠悠匆匆地過去了。他聽見有人按鈴，驚醒之餘聽見阿梅在和什麼人講話，過了一下，阿梅好像走到廚房去，再走出來，砰然一聲，大門關了。

「是誰呀？」

阿梅臉色凝重地走進來。「是個男人。」

「什麼男人？」

「是她派來的，說她的身分證留在這裡，忘記拿走。在廚房一個小抽屜裡。我找到了給了他。」

「是怎麼樣的男人？」

「二十多歲吧，上海口音，小鬍子。」

大愚冒出一身冷汗，整個人清醒過來。是那個來過這裡一次，和璀璀吵架的傢伙！難道她和他在一起？兩人之間是什麼關係？

「爸，她走了就好了。」阿梅一定是看見他滿臉猜疑的神色，勸解地說。「總算沒有偷去什麼東西。」

「當然沒有！」他叫道。阿梅怎麼可以說這種話。

「這裡沒有什麼東西好偷，難怪她走了，」阿梅冷笑。

「偷！你沒有看報紙嗎？她是冤枉的！」

阿梅又冷冷一笑。大愚盡力壓制胸中的怒火。「她是因為你走的。」

「因為我？」

「她不願意破壞我們父女之間的感情。」

阿梅聳聳肩膀，沒說什麼。

大愚按捺不住，嚷叫起來。

「她對我是有感情的！我又不是做地產事業的鉅子，又不是金融界的大亨，我沒有東西可以給她。她假使對我沒有感情，何必跟我住？」

「一個過氣的老演員找到這樣個臨時靠山已經很不錯了。看見沒有東西可撈，到別處想辦法去了。」

這話像颶風打擊玻璃窗，大水就要湧進來。他坐起來，想用手擋住阿梅的嘴巴，不要她再說下去。阿梅卻狠狠的說下去。「爸，忘了她吧！那個偷東西的婊子只會使你傷心。」

「我就是婊子生的！我才是窰子裡拾回來的東西！胡家三代都是靠偷來的東西吃飯的！」

他大吼，心碎欲裂，淚水涔涔而下。「我有她的愛，就什麼都有，什麼都不要了。我和璀璀深深相愛，不是你的惡作劇能破壞的！」

這些話應該是對璀璀說的。為什麼他沒有說？他頭向枕頭一栽，整個房間在旋轉。

那天下午，阿梅平靜地說，「爸，你已經好得多了。我回去自己的地方睡，明天要上班。我留下的藥片，你要繼續吃，每四小時吃兩片。冰箱裡有牛奶、麵包、果汁。這幾天吃得清淡一點。猜想再過幾天就完全好了。」

她深深地吸一口氣，強迫自己不多說一句話。

「你去好了！」他說。

阿梅走了，他像從監獄釋放出來。

璀璀到哪裡去了？他連她的真姓名都不知道。她一生受過許多誣蔑和侮辱，假使她把他當做又一個玩她的男人，那就錯了。他在收到那包剪報之後就應該對她說，我同情你，我愛你，我要與你廝守一生。

她並沒有騙他，假裝是大家閨秀。她交過許多男朋友，在娛樂圈裡有什麼稀奇？她結過兩次婚，兩個丈夫都死了，不能怪她。應該可憐她。他不但沒有愛護她，反而使她離家出走。她從沒有向他要過什麼東西，從沒有表示過她內心對他的失望。她是曾經滄海的人，知道把感情隱藏起來。

到那裡去找她呢？那小鬍子知道！記得璀璀說他是個理髮師。那裡去找？即使找到了，怎麼勸她回來呢？他怎樣才能使她明白他對她的深情？

沒想到他在廚房的小抽屜裡找到一張紙頭，上面是阿梅寫的字：「茲收到譚桂枝香港身分證B125673號。」簽字的是個譚亞民，地址是寶勒巷巴黎髮型屋。大愚喜出望外，有了！原來璀璀叫做譚桂枝。現在就去找她吧。但是小鬍子如果認出他，不肯讓他見她怎麼辦？不如先去寶勒巷看看。

從玻璃窗望進去，那髮型屋一邊做女人的頭髮，一邊為男人理髮。地方不大，每邊五張椅子，中間坐著個收錢的五十幾歲的女人。他沒有看見小鬍子，不想進去碰一鼻子灰。他要有個計畫才對。也許璀璀就在這附近。如果撞到她，要對她說什麼？問題還在這裡。

他苦索枯腸。最好是送個禮物給她。什麼禮物呢？要貴重的，要她會喜歡的。買一套價錢高昂的西裝？她也許不會喜歡他為她挑的。珠寶？買一枚鑽石戒指送給她？不，那會使她想起連卡佛那件事。那麼送什麼呢？

對了，把那串翡翠項鍊送給她！那應該是可以充分表示他對她的深情吧？他為什麼沒有早想到？他回家取銀行保管箱的鑰匙，順便把仿汝筆洗拿去保管箱存放。等他趕到銀行時已經是下午三點。他在保管箱庫裡從紅絲袋裡取出了那條由二百二十五粒玉珠串成的雙排鍊子。那綠油油、耀眼的翡翠，色澤均勻通透。他摸摸那些玉珠，它們光滑溜溜的，好像是有生命的東西。他又摸摸那白金鑽釦，預想把這串項鍊掛在璀璀的脖子上，把她接回家時彼此的心情。同時又想到現在玉石價值飛漲，這條項鍊總值得二三十萬吧？

他把它放回絲袋子，放在外套口袋裡，把仿汝筆洗放進保管箱，便走出銀行。他叫了的士直往寶勒巷。那個收錢的女人必定是老闆娘，對夥計的事情摸得清清楚楚。

他走進去時緊張地左右望望，還是不見小鬍子。不如理個髮吧，向老闆娘打聽消息。店裡一地是頭髮，一股香煙頭的臭味。夥計們穿著髒兮兮的罩衣。顧客只有兩三個。夥計們大多數在看報，椅子上有一堆堆淫穢書刊和馬經。

老闆娘瘦削的臉配上大鷹鈎鼻子，一嘴參差不齊的牙齒被香煙薰得焦黃。

他向她點點頭，對她笑笑，挑了靠近她的櫃台的椅子坐下。一名理髮師把一張圍巾一揮，罩住他的上身。「洗頭，剪髮，修臉？」

「不，只要理髮。」不如開門見山。大愚轉頭問老闆娘，「你們有個叫做亞民的伙計嗎？有人介紹我到這裡來找他。」

「亞民？沒有。」

「老闆娘，有沒有最近被你炒魷魚的伙計叫做譚亞民？」

「沒有呀，」老闆娘說。所有的伙計都在聽了。

「這倒奇怪了，」大愚說。「其實我在找一個叫做璀璀的電影明星。有人說，亞民認識她。」

「不知道。」老闆娘問伙計們，「你們聽見過一個叫做璀璀的電影明星沒有？」

「挑那媽！璀璀那個老古董還在做戲嗎？」在剪大愚的頭髮的理髮師笑道。「媽的，她總有五十歲了吧！」

「璀璀，我記得她，」另外一個理髮師參加意見。「五十歲大概沒有，四十多是有的。我記得看過她搖屁股那部電影。那時她還是個小姑娘，已經是個不折不扣的小肉彈，媽的！」他做出個猥褻的姿勢，裂嘴獰笑。

大家都咧著嘴笑了。大愚憎恨自己，他怎麼會來向這種人打聽璀璀的消息？

「是不是那個鬧到法庭打官司的小肉彈？」

「打什麼官司？」

「挑！和人結婚，第二天把未到期銀行存款全部提清失踪了，後來被警察從新加坡追回來。」

「挑！不是那個婊子。璀璀好像也上過法庭，不是因為提款，因為偷東西。」

「你們不認得譚亞民；沒有關係，我到別處去找。」大愚不要他們再講下去，要快點離開這裡，但是他頭髮還沒有理好。

「挑！七號不是叫做譚亞尼嗎？你找的會不會是譚亞尼？」

大愚心頭一震。一定就是他！他的字寫得不清不楚。

「那麼譚亞尼在那裡？」

「今天休假。」

「肏他媽的！七號跟那個小肉彈是什麼關係？」

「挑！你別看他外表不打眼，裡面深不見底！」一個理髮師說。大家哄哄大笑。

「先生要留個姓名和電話號碼，明天亞尼回來，我叫他打電話給你，」老闆娘說。

「不。他住在那裡？」大愚心裡作噁。

「你找不到他的。今天星期三，跑馬去了，」一個年輕伙計說。

「他住在那裡？」

「就在隔壁，六樓。」

大愚理完髮匆匆離開。隔壁門口擺著一簍垃圾，裡面黑漆漆的通道盡處有道狹窄的樓梯，靠牆裝有搖曳不穩的扶手。二樓平台地上設有紅漆神龕，點著一小盞紅色電燈。大愚想，我看見那個小鬍子就直截了當問他璀璀在那裡。他不肯說的話，塞二張鈔票給他。二十元夠嗎？五十？一百？不要跟他討價還價。給他一百罷，免得和他爭論。他要是不在家呢？只好留條子給他。大愚摸黑爬到三樓，再爬到四樓。上面的天窗漏入微微的陽光。每樓有兩個門，看樣子誰都不在家。他感到一種莫名其妙的寂寞，好像世界只有他一個人和這條黑暗的樓梯。摸摸口袋。那沈甸甸的翡翠項鍊沒有給人扒去。他再向上爬，心跳的很厲害。五樓的平台比較光亮。六樓更加亮一點。兩個門。他隨便挑了一個門敲了兩下，並不以為會有人應門。再敲兩下，果然沒有人開門。整個樓是空的。

他翻過去敲第二個門，不覺得會有人在裡面。剛才沒有問清楚，小鬍子住在左邊或是右邊，要留條子給他的話，還要下去找那個年輕傢伙問個清楚。那些理髮師會再用猥褻的眼光盯著他。

那扇門突然開了。站在面前的就是小鬍子，只穿著短褲，那張細皮嫩肉傲慢的臉厭惡地看他，嘴上叼著香煙。使他驚惶的是——璀璀就在那裡，穿著睡衣從床上坐起，在問，

「是誰呀？」

他們眼對眼注視了五六秒鐘，然後，大愚翻身就奔下樓梯。奔到四樓時他聽見上面璀璀的叫聲。

「大愚！他是我的兒子！亞尼是我的兒子！」

他繼續往下跑，璀璀繼續在叫，「你不要誤會！亞尼是我的兒子！」她在大哭。

大愚一口氣跑到三樓時才停一停，喘口氣，抬頭向上看了看，看見璀璀彎腰俯首，還在哭叫。大愚再往下跑。跑到二樓那神龕那裡他煞住腳。璀璀在說小鬍子是誰？是她的兒子！

他轉過來，身上每條肌肉，每根筋骨都使出蠻勁，狂衝直上。

他沒命地跑，一口氣跑到六樓把璀璀摟在懷裡，兩人放聲大哭，沒命地哭。小鬍子不見了。他拖她進去那陰暗的小房間，在那張窄小的床上他侵佔了她，直到她每一根血管，每一個細胞都知道胡大愚這個人。

鮮明的陽光從窗子照進來。大愚從外套的口袋裡取出紅色絲袋，拉開拉鍊，取出那串沈重光滑的雙排翡翠項鍊，他打開白金鑽釦，在璀璀赤裸裸的脖子上釦住。

她奇怪得一句話也說不出。他帶她到鏡子面前看。她摸摸那串項鍊，然後手指輕輕的碰在大愚嘴唇上，好像這樣向他致謝。她伸出雙臂緊抱住他，眼裡有淚光，然後把嘴唇貼在他的嘴唇。大愚覺得若是他此刻死了也沒有遺憾。他已來過，嚐試過，體驗過極樂世界。

「把衣服穿上，跟我回家，永遠不許再逃走，」他說。

第八章

她變成他真正的好伴侶。她不再像以前那般慇懃招待他，比以前隨便一點。有時吃剩菜，有時她要他洗碗，像一對老夫妻。日子過得比以前更加美好。兩人事事怡然心會，無需多話。他在寫作時，無論寫到多晚，她都不吵他，不叫他來睡覺。

有時她看起來著實像四十幾歲的人。這樣也好。他將近五十，兩人可望白頭偕老。她告訴他，亞尼的父親是那個不認賬的印尼華僑，所以她叫他亞尼。這孩子沒有上學唸過書，都怪她自己不好，沒有管教他。他只要有安身之處，有飯吃，什麼工作都做，有錢就花，沒有錢就伸手向她要。不過這幾年來他算是在理髮店裡安定下來，專門做女人的頭髮。現在璀璀最掛慮的是她在上海的母親。她舅舅來信說她母親心臟病發，情況相當嚴重。

大愚在開始寫一部長篇小說，璀璀替他抄稿，省了他不少時間。她把他的版稅報告整理得清晰分明，向欠他賬的出版社要回版稅，並且為他向盜印他的書的人爭取版稅，甚至飛去台灣與人接洽。她有一種衝動，不肯服輸，喜歡挑戰。「你看我的功夫怎樣？請我吃頓飯吧？」她有成績的時候會得意洋洋地說。

她要回來的錢他統統給她。她會花。他們到新同樂吃五百元一碗的排翅。她買巴黎時裝，義大利皮包皮鞋。大愚在人面前介紹她是「我內人」，「我的太太」，大學裡的同事、朋友們請客時，他們雙雙赴會。璀璀雍容大方，在任何場合都顯得自在，能夠應付。他們沒有去婚姻註冊署結婚，大愚認為那是英國人的把戲。

快要過年了。自從素娥生病，家裡沒有再熱鬧過。今年好好的過年吧！大愚老早就告訴學生過年時要到家裡來玩。學生們紛紛問他可不可以帶校外的朋友來拜年，他們仰慕他的作品，想帶他的書來請他簽名。大愚說當然可以。他和璀璀到新界去買了一大株桃花，璀璀把它插在大罎裡，並且用紅絲帶打結。她養的水仙花蓓蕾飽滿，看樣子在除夕會開花。璀璀做了貴妃雞、葱酥鯽魚、荔甫扣肉、獅子頭、蝦子海參，還買了花生、栗子、山楂、蘋果、大桔、石榴、年糕、巧克力糖。大愚負責買酒，跑到北角才買到味甜色豔的狀元紅，這種酒青年人都可以喝。他當然也預備許多紅包。

年初一大清早，就有人來拜年。無論是在大廈看更的、掃地的，或是垃圾佬、大牌檔的魚蛋王，賣餛飩的蝦叔，送貨的夥計，大愚都按住他們要他們坐下來吃喝才賞一份紅包，放他們走。拜年的人一批批來到，學生、朋友、同事，大家一片歡樂。

璀璀穿著紅綢旗袍，戴著翡翠項鍊，美麗得像一朵花。她慇懃地倒酒倒茶，笑咪咪與人談話。

「大愚兄新婚燕爾，似水如魚，」一位同事略帶酸味笑道。大愚的名氣比同事們大，為學生仰慕，不免引起同事們的妒忌，但是他也有可愛的方面，不與同事爭地盤，不抱擴大主義，不搞派系，所以同事們可以容忍他。

亞尼來了，大愚倒給他一大杯白蘭地，賞了他一個大紅包。老劉帶來一大簍北京柿子，說這沒有胡家的柿子甜。他告訴大家他十幾歲時全家被土匪殺害，他一個人逃到北京飢寒交迫，走到胡家門口，看見牆後樹上長的柿子又大又紅，就不顧一切，翻牆爬到樹上去偷柿子吃，被大愚的父親發現了。「我要不是偷胡家的柿子吃，怎麼會遇到我的恩人？」他又說胡老爺怎樣帶他到廚房，叫人端來一大碗熱呼呼的肥肉湯麵，並且留他在花園裡做事。

「願菩薩保佑胡家一家人，使他們平安度過艱難的日子！」他說。文化大革命鬧個不完，大愚沒有家人的消息，也不敢寫信去問。他變成「臭老九」，他寫的作品被指為「毒草」，被罵得狗血噴頭。

大愚舉杯朗誦唐朝羅隱的詩，名「自遣」：

得意高歌失即休，
多愁多恨亦悠悠。
今朝有酒今朝醉，
明日愁來明日愁。

老劉不用人勸，用白蘭地和在座的人打通關。他醉了就在阿梅的房裡睡，睡醒照樣吃喝，再講偷柿子的故事。

阿梅是第三天才來的。自從大愚患感冒，她來服侍，走了之後，大愚沒有見過她。她來時，他們和一批年輕人和老劉正團著桌子吃火鍋。阿梅怔住了。她顯然沒有料到璀璀會在這裡。灰白的臉滿是疑問，雙眼只盯住她。大愚把她拉進來給大家介紹之後，年輕人又扶起筷子吃火鍋，一面吃一面說笑。

「胡師母，」一個女學生說，「你那串玉鍊子實在太美麗了。我沒有看見過顏色那麼鮮明的玉珠。我大膽問一句話，那是真的還是假的？」

「傻女！」另外個女學生大叫。「你沒有唸過胡教授的書嗎？胡家的珠寶是從清宮搬出來的。」

璀璀手指撫弄著玉珠。「這串翡翠是慈禧太后戴過的，」她笑嘻嘻地說。

「我的天呀！」那傻女伸出舌頭說。「那要值多少錢？」

老劉伸直一個手指。「你猜猜看。」

「一萬？」傻女說。

老劉搖搖頭。

「十萬？」

老劉再搖頭。

「一百萬？」

「起碼一百萬，」老劉說，「現在玉石價值比五十年代漲五百倍都有。」

大家咋舌，仔細研究那串鍊子，便又繼續吃喝。最後璀璀捧出水果，學生們吃了一再道謝，嘻嘻哈哈的走了。大愚把他們送到門口，轉過身來，發現阿梅站在面前。

「爸，那串鍊子是媽留給我的。」

大愚愣住了。

「你不記得嗎？媽總是說，『阿梅，將來你長大，這串鍊子就是你的。你結婚的時候媽給你戴。』」阿梅臉色雪白，講話的聲音像是素娥。「『以後你生兒子，就送給媳婦戴。這串鍊子是胡家傳世之寶。是你爺爺給你爸爸的，要他結婚的時候給媳婦戴。那時你爸還不認得我呢。』」阿梅的口氣變得像母親對小孩子說話一樣。

「『大愚，你忘記了嗎？』」阿梅對大愚說，聲音是素娥的。大愚聽了不禁一身發毛。

他焦急地注視阿梅雙眼茫漠，魂不在體的神態。

「我快給她泡碗薑茶喝！」璀璀說：「她不對了。」

璀璀嚇得面無血色，急急忙忙走到廚房。「咦，廚房怎麼沒有電？」她走出來驚慌地說。

老劉試試客廳的電燈，亮起來又滅了，亮起來又滅，最後不亮了。「這是鬼吹燈，是二少奶奶來顯靈！」老劉說。

「胡說八道！」大愚說：「是大廈停電，很平常的事。」

「大廈沒有停電，」璀璀說。「我聽見電梯在動。」

「那一定是短路，大概是保險絲燒了，我去看，」大愚說。

他去看保險絲箱，但是保險絲並沒有燒斷。

這時，阿梅卻突然大聲叫起來。「媽呀，你要是有靈，聽我說，啊，我冤枉了！」說著她哭起來。

大愚走回來時，璀璀，老劉都凝重地望他，等待他告訴他們怎麼辦。阿梅卻又用素娥的聲音講話。「可憐的孩子，我知道你冤枉了。媽媽替你講情。」忽然，她冷冷地看著大愚。「你忘記了嗎，大愚？你父親要回北京的時候對你怎麼說的？」她的聲音平穩，而又冷峻。

大愚給她問得驚惶失措。素娥的陰魂好像就在面前。

「他說，『我留下這串項鍊給你，將來你娶親，讓媳婦戴上。』」阿梅的聲音突然變得像她爺爺。「『大愚，你要好好的讀書，成家立業，為胡家活下去。』」

大愚嚇得魂不附體。他父親怎麼啦？他過去啦？要不然怎麼他也來顯靈！

「阿梅，阿梅！醒醒！醒醒！」大愚懇求她。好好的，喜氣洋洋的新年聚會給她弄得鬼魂繚繞，陰風陣陣！「不要鬧了！不要鬧了！」

阿梅淡淡地笑笑。大愚走去浴室要擰一把毛巾給她抹臉。「咦？怎麼沒有水？」

「鬼停水！」老劉慌張地說，「要找個道士來念經。」

「過年，那裡去找？」

「聽說黃大仙廟裡有個會趕鬼的道士，」老劉說。「我坐的士去請！」

「不必去請了，」璀璀說。她的聲音使他們轉過頭來看她。她面色蒼白，雙眼發亮，看起來非常恐怖。她，走到阿梅面前。「阿梅，這條鍊子是你爸借給我戴的。這當然是你的。」她捧起鍊子，從頭上舉起除下來，套在阿梅脖子上。

阿梅的臉漸漸有血色。他們聽見廚房裡的水龍頭咕嚕咕嚕地響。水回來了。老劉試試電燈。電也回來了。阿梅一聲不響，戴著她的鍊子走了。

璀璀變得無精打采，睡不著覺，話很少，一天天瘦下去，臉色蠟黃。她說她身體不舒服，去看醫生卻看不出什麼病來。有一次大愚在深夜醒來，發現她咬破了手指，在空中亂戳。

「你在幹什麼？」大愚叫道。

「鬼怕血，戳到了就走。」

「你怎麼可以這般迷信！」

「她不要我和你同居。」

「她！」大愚不肯說出素娥的名字。

「我還了阿梅那串鍊子，她還不肯走。」

「也許你我此生沒有緣，不應該在一起，」她說。「這種事不能勉強。」

她哭了。

大愚聽得有點發毛。璀璀無限幽怨地說，「人家說我是剋夫相，沾惹不得。她的陰魂纏著我，要我走。」

大愚暴跳如雷。「你別再想那天的事啦！大廈停水停電是很平常的事。阿梅在演戲，假裝素娥顯靈，用這方法弄回那串鍊子，實在太可惡了。」

「假使她是在演戲的話，那她應該得奧斯卡獎，」璀璀噘起嘴唇說。「這回算是她贏了。」

大愚憂心忡忡，為了使璀璀安心，還是讓老劉去請道士來。道士來了，身穿白色法衣，頭戴黑色通天道冠，手執拂塵。有個小和尚跟他來。他從廚房起走到每一房間，一個高聲念經，一個打鑼。那道士開門開櫥櫃，用拂塵亂揮，尤其注意黑暗的地方。在大愚的臥房裡，他突然大模廝樣地揮舞塵拂；高聲唸經。

「道爺，你要是看見二少奶奶，告訴她那串玉鍊子已經還了阿梅，請她放心，」老劉說。

「二少奶奶知道了，只求你們多給她燒點紙錢，她有得用，就走了，」道士說。「可是老爺還在這裡。」

「老爺！」大愚大吃一驚。這個江湖簡直胡扯。

「老爺死得冤枉，要你替他報仇呀！」

「胡說八道！」大愚大嚷。「老爺在北京好好的！你別亂說！」

「道爺，你看見老爺是什麼樣子？」老劉問。

「渾身是血，好可怕呀！」

大愚怒不可遏。「放屁！放屁！你給我滾出去！滾出去！」他叫老劉趕快給道士錢，打發他走，還緊跟在道士後面，狠狠把門用力關上。

兩星期後，璀璀收到她舅子從上海打來的電報。母親病危。璀璀匆匆忙忙收拾一箱衣物，搭火車去上海。她說，不知道什麼時候才能回來，要看母親的病況而定。

大愚捨不得她一個人長途奔波，可是他自己不願意進大陸，也絕不能不讓璀璀回去。臨行時千叮萬囑，要保重身體，要時時通信。不想她一去就音信杳然。

等了一個月，他強迫自己到巴黎髮型屋去找阿尼。小鬍子在替個女人捲頭髮。

「你媽有沒有消息？」

「你說誰呀？」他無禮地問。

「璀璀。她一個月前去了上海。你有沒有她的消息？」

「沒有。」阿尼繼續替那女人捲頭髮。

第九章

天空一片黑暗，下面是看不見的大海。大愚已經飛了十小時，再過四十五分鐘便跨過五千一百二十四哩的太平洋，到日本成田機場。他肚子裡還裝著在舊金山機場吃的湯麵。

「人們對遠近的觀念實在變了，」他對拉烏星說。「孔子說，父母在，不遠遊。他所指的『遠』大概只幾百哩吧。現在乘飛機，十小時就越過太平洋。世界變小了。」

「朋友，你錯了，」拉烏星說，「這是個大世界。飛機是用不合理的速度把你從美洲送到亞洲，從一種文化送到另一個文化。這兩種文化的差異不是十幾小時可以跨得過的。這是長途飛行者感到疲勞的原因之一。你一夜之間飛到亞洲，從天空降下來，這對香港的人一點意思都沒有。他們在自己的天空下過自己的生活，你必須設法去適應他們的環境。」

飛機在降落，空中小姐囑乘客繫緊安全帶，豎直椅背。下面機場上一排排的燈光一下傾斜向左，一下傾斜向右。飛機顛簸了幾下，便像蜻蜓點水似的輕盈地降落跑道。他們到了成田機場。大愚和拉烏星握手道別，艙門一開，乘客們便從封密的機艙出來。

機場裡很亮很乾淨，大愚在護照檢查處顯示他的護照，服務員揮手讓他過去，他便搭上穿梭機場的巴士到機場旅館去。天氣好熱，比飛機裡熱得多。他覺得有點昏沈沈的。他是多久以前離開華盛頓杜勒斯機場的？他真的到了日本嗎？

巴士駛到旅館。一名女招待員給他一個條子，上面註明明天八點他要站在旅館門口等候第六號巴士，這輛巴士將送他到前往香港飛機的「輪轂」。日本人辦事效率真高。

走近旅館，在櫃枱註冊後，有個戴白手套的女侍告訴他電梯在那裡。在電梯前面有另一個女侍向他鞠躬。到了三樓，大愚拿著電子鎖匙，找到他的房間，把卡片插入鎖縫，卡達一聲，門開了。房間極小，一張狹小的床，床邊的桌子上有一架七吋螢幕的電視機和電子數字鐘。浴室小得幾乎不能轉身。他有到了小人國的感覺。

大愚脫掉衣服，沖了淋浴，抹乾身體，穿上掛在門背後的一件棉質白色晨衣。他喝了兩杯自來水，不覺得餓。在床上伸直躺下去。有多久沒有躺在床上睡覺了？他閉上眼睛，他是什麼時候離開在維吉尼亞的家呢？那個安靜的家好像離得很遠。明天真的就要到香港再見到璀璀？十年的苦盼期待終於要結束了！他有點不相信。他又見到那兩個黑人在小鎮子走路，一面舔冰淇淋卷。他想到同性戀的海鷗和拉烏星在說，他是「促進修訂世界方向協會」的總幹事。他耳朵裡還聽見飛機嗡嗡的聲音。他深吸了一口氣，便沈甸甸地睡著了。

鬧鐘吵醒他。他立刻從死睡醒過來。今天他要到香港了！璀璀會來機場接他！他洗臉刷牙喝兩杯清水。換一套乾淨的內衣襯衫襪子，把髒東西捲起塞進旅行袋。把門一關，走去電梯。

他在旅館門前深吸了一肺的日本空氣，不久便跨上八點鐘的巴士。那「輪轂」是個圓形的建築物，有八個閘門。掛出的牌子顯示聯合航空將飛往洛杉磯，義航將飛往羅馬，德航將飛往法蘭克福。從北京搭乘法航的乘客已經抵達，從香港來的國泰飛機在這裡停留四十五分鐘就要飛往舊金山。另一班國泰航空將飛香港，那就是大愚要搭乘的飛機。他在閘門前坐下。整個轂裡人潮忽進忽退。有過境的候機客伸直在長椅上睡覺，有人在看電視上一場相撲，兩個赤膊的選手在設法推倒對方。他們每人看來有四、五百磅重。

大愚又有一種脫離現實的感覺。他買了一份英文*Mainichi Daily News*。今天已經是星期三。他看到一個標題：

「班比亞談判破裂，法外長賈本德縮短訪華行程」

他想起在舊金山機場時看到賈本德抵北京訪問的報導。今天的報導說：

法國外交部長賈本德縮短在華訪問。昨日甫抵北京的賈本德原擬在華訪問七天。現在鑒於法國和西非班比亞回教叛軍的談判陷於破裂，決定提前離開中國，於本星期五由香港飛往班比亞，和這個在西非的法屬保護領土的回教領袖尤曼教長會面。

賈本德在北京會受到熱烈歡迎，中國激烈反對克姆林宮對共產主義的立場，現在尤其關注蘇聯在非洲的作為。他們希望賈本德在訪華期間會攻擊蘇聯的軍事擴張。

賈本德在北京會晤見吳學謙，預料也將拜會鄧小平。賈本德的行程和通常一樣，要到最後一分鐘才會公佈，不過，他大概會去明陵和長城遊玩。

報上有關於班比亞危機的報導：

和平解決班比亞南部省份長達五年的回教叛亂的希望，今天已隨談判破裂而趨於幻滅。三個月前，和平似乎已經指日可待。法國的領袖和回教的尤曼教長同意協力結束班比亞回教叛軍和政府軍之間的戰爭。當時停火已經生效，雙方也在尋求方案，使南方省份可以獲得相當程度的自治。可是，因為雙方對於在各省實行公民投票一事僵持不下，終於使談判破裂。叛軍要求各省應即成為自治邦，法國的首席談判代表白朗則堅持各省自治與否繫乎公民投票的結果。班比亞長期的戰禍已經導致四千多士兵，一萬多平民死亡，數十萬人流離失所。談判破裂可能使戰火重燃。

賈本德這次要親自參加談判了，他知道他是唯一能夠勸使尤曼教長回心轉意的人，他在北京接受訪問時說，他很樂觀，他和教長會解決所有的問題。賈本德歷事兩屆總統，獲有輝煌成就，這次如果成功，即將是這位擅於炫耀的政治家的又一項驕人成就。

突然有人在跟大愚講話。「胡大愚先生？我叫做麥考・麥卡杜。簡稱麥考麥。」

大愚猛然抬頭。面前是個身材矮壯，五十多歲的白種人。稀疏凌亂的紅髮，尖銳的藍色大眼，鷹鈎鼻子，咧著嘴笑，露出被尼古丁薰黑的牙齒。一身髒兮兮的狩獵裝。他伸出毛茸茸的手要握大愚的手。

「你怎麼知道我的姓名？」

「你哥哥？告訴我的。」

「我哥哥？」

「胡大海同志。我剛從北京飛到，差點兒沒有趕上這班飛機。」

「我哥哥告訴你我要乘這班飛機？」

「是的。」

閘門打開，可以登機了。大愚站起，麥考麥揹起一個大攝影機，和他一起走進機艙。麥考麥就在大愚的座位旁邊坐下。

「我是個攝影家，」他說。「香港是我的基地，我時常旅行。我的生意好得很。自從中國開放以來，誰都要到北京去進貢叩頭。我通常接第三世界人物的生意。塞舌耳島總商會會長要訪問北京，沒有錢帶自己的攝影人員，卻要有訪華的照片紀錄。麥考麥有求必應，隨叫隨到。我的照片價廉物美，來回經濟艙機票。莫三鼻的女權運動領袖，帕哥帕哥的乒乓球隊都是我的顧客。我一年去北京五六次，在那裡有空時就去紫禁城拍照片，希望出一本圖書。我就這樣認識你哥哥。他是那裡幾個會講英語的一個人。我是他媽的一個好攝影家，但是對我來說，一塊瓷器和另一塊瓷器看起來是一樣的。中國朝代他媽的太多，我弄不清楚。你哥哥幫助我，告訴我什麼東西應該拍照片。我從香港去，總帶個小禮物給他，一件英國毛線衣，兩雙羊毛襪子等等。穿在裡面的東西，因為他不要惹人注意。和外國人來往是危險的。儘管現在大陸在改革開放，搞四個現代化，在政治上並沒有放鬆。他們搞『清除精神汙染』運動，就是一個例子，也是一種矛盾。中共耍什麼五花八門運動你哥哥都見過了。他知道要謹慎。」

大愚不知道這個自吹自播的洋人的底細，知道說話要小心。

「你認識我哥哥有多久了？」過了一下他問。

「一兩年吧。他們在預備帶一批瓷器到香港和別的地方展覽。你大概知道。」

「我知道的。」

麥考麥從口袋取出一個小冊子，是介紹香港展覽的印刷品。「你看這個。」

大愚接過來看。在封面就是胡家交出去的汝窯筆洗！

「粉青圓筆洗，」麥考麥指著說明唸。「他媽的，什麼是筆洗？」
「中國人用毛筆寫字，在這種碟子裡注水洗毛筆。」
「有一天你哥哥和我在乾隆花園走路，」麥考麥低聲說。「他說他到香港有一件古董要出賣，要我幫忙。」
「你能幫他賣掉嗎？」
「我怎麼能幫他賣掉？我不認得買這等貨色的人。他一定已經和主顧接洽好了。我們可以猜猜。是摩洛哥國王嗎？還是汶萊的蘇丹？」
大愚毛孔起了疙瘩。他不相信大哥真的會跟這麼一個人說這些話。他轉過頭去望窗外，天空璀璨明亮，碧藍如洗。大哥要出賣什麼古董？他還有什麼古董？
「你以為那古董可以賣多少錢？」他問。
「不知道。但是你哥哥答應一共給我十萬美元。向你預支五萬美元訂金，事後給我五萬。我說我不要你們的臭人民幣。他說，港幣，美元，英鎊隨你便。對我來說，冒一次險是值得的。我拿到錢就逃之夭夭，再也不回東方了。我本來做夢也不會來到東方。但是命運捉弄我。一個人被命運欺侮過甚時，會想出最荒謬的方法來報復。我是蘇格蘭人。三十年前，我年輕美麗的新娘子患了癌症，需要動手術。我沒有錢，所以想出個搶劫銀行的計畫，我以為我一定成功。行行是學問，我在監牢裡才覺悟，一個外行的劫匪，行劫成功的機會等於一團掉下地獄的雪球。我坐了一年牢。出來之後，我妻子死了。蘇格蘭的氣候比一個愛斯基摩老處女的奶頭還要冷。我要走得越遠越好。我在旅行社裡看見一張海報。『到嫵媚的香港來吧！這裡有令人心醉的陽光，潔白的沙灘！』海報上畫著一艘帆船，一個長髮可愛的中國女郎在向我招手。誘惑力太大了。我相信了那番屎話。我來了。在東方三十年了還在混飯吃。馬來西亞、新加坡、泰國，我那裡都走過，轉眼我已將六十歲！」

璀璀的信裡說，大哥要他帶回他那件雍正仿汝筆洗。難道大哥打算拿它冒充汝器賣給人？大愚的心麻酥酥地收縮一下。不會的。

「你在香港住那裡？」

「不知道。」

「你什麼時候可以給我五萬美元？」

「不知道。」

「沒關係。我找得到你。老兄，不給五萬，一切作罷，明白嗎？」

大愚不作聲。麥考麥舉手向他行個禮，換了座位。大愚感覺輕飄飄的，口渴得厲害。

他向侍應員要了杯礦泉水。這傢伙是個瘋子。我那裡來的五萬美元？等大哥來到一定會有解釋。現在暫且不要管他。他看看手錶，再過一個多小時就到香港！機長在宣佈，香港氣候晴朗，能見度無限，地面氣溫攝氏二十五度。

自從昨晚起，他吃不下東西，只喝水，現在他也不餓。他只有一個願望，和璀璀見面。他又告訴自己，要有心理準備，無論她變成什麼樣子，心裡的感受都要藏起來，免得她傷心。十年不見，她當然老了許多，再加上在大陸的煎熬，她可能已變了一個人。他不要找十年前那個似花盛開的璀璀，他要找個面容憔悴，灰髮的女人。一身舊布衣褲，腳上一雙舊布鞋。她也五十多歲了。要是情況不同，阿梅結了婚，他們應該是祖輩的人。想到這裡，他不覺心酸。

飛機在下降，窗外可見大嶼山，青衣島。他看見一艘漁船在閃亮的海口漂浮。飛機降得很低了，他看見葵涌貨櫃碼頭和泊在那裡的許多貨櫃船。右邊是昂船州。飛過深水埗，房屋上晾的衣服都看得見了，界限街上的巴士和汽車都看見了，交通燈，行人都歷歷在望。每次他回來，又見到這熟悉的景象，他總是心弦震盪，心肌好像抽搐一陣。這次他更是萬分激動，感到心跳，受不了。十年的苦盼，十年心靈的空虛，十年的憂愁就要結束。

飛機轉了個彎，地面傾斜，又復平直。機輪砰砰著地。機翼的後緣襟翼高高翹起以減低滑行速度，聲響如雷，機艙震動得厲害，好像在痙攣。這架翼如垂天之雲的飛機，把他送到香港了。

機長滅熄引擎，人人站起，大愚現在只要靠自己的腳步，再走一段路，便可見到璀璀。空中小姐打開艙門，釋放乘客。大愚提起旅行袋走向機門，瞥見麥考麥在另外一個通道。麥考麥木然瞪了他一眼，好像不認得他。

大愚走出機艙聽見自己的急步在塑膠地面上得得作響。排隊過入境事務櫃台。走到旋轉式傳送行李帶前站著等他的行李。那傳送帶轉了好幾遍才把他那件黑色塑膠小箱送到他面前。他提起到海關櫃台，海關人員揮手讓他過去，他便走出自動開關門，真正到了香港。他在斜道上站了一下。候機大廳裡有數百人，左右前面都是人，密密麻麻的，一張張期待的臉，一對對睜大了的眼睛都在尋找，辨認抵達的親友。

大愚心跳得很厲害，他極力抑制自己，不要急，不要急，他告訴自己，一面細心掃瞄全廳。璀璀在哪裡？在哪裡？

忽然遠處有人高叫「大愚！」

他認得那個聲音，他看見她在揮手，他急奔下斜道，向她衝去，只認清楚是她，便抱住她，叫喚「璀璀！璀璀！」在感覺上她和從前一樣。他放鬆手臂看看她。是老了一些，眼睛邊有皺紋。胖了一些，圓圓的臉孔化裝得無懈可擊，頭髮仍然絲絲是黑的，剪短了，燙得鬆鬆軟軟的。體態豐滿，穿著寶藍色的真絲套裝，腰上鬆鬆的繫了一條銀色的帶子，腳上是寶藍色的高跟鞋。她隱約飄散著香水味，眼光裡閃著戲謔，一種以前沒有的深度，充滿喜悅。

「大愚，你好！」聲音沒有變，還是那麼溫柔。

「璀璀，你辛苦了。」雖然她看來並不辛苦，這句話脫口而出。他滿懷的怖懼全都化解了，謝天謝地，璀璀的體膚絲毫沒有受到損傷！

「來！」她說，「車子在外面等著。」他驚訝欣喜之餘，馴服地跟她走出大廳。

一股潮溼溫暖的空氣向他撲來，一輛輛黃澄澄的士放出濃密的一氧化碳氣體。大聲的廣東話刺入他的耳朵。他又在香港，璀璀又在他身邊。他沒有離開過，是地球更換了位置。

一輛黑色的勞斯來斯轎車駛到面前。穿灰色制服的司機跳出來為他們開門。「歡迎到香港！」他用英語說。

大愚望望璀璀。「是文華酒店的車子，」她說。

「文華酒店？我在青年會訂了房間。」

「不要擔心，」她跨進車子，他只好也跨進去。他像在做夢一樣。她十年前去了大陸，如今又肥肥胖胖，漂漂亮亮的在他身邊。她緊抓住他的手，也不說話。車子駛過隧道，到文華酒店。身材高大的看門的為他們開門，年輕的侍者提起大愚的箱子，璀璀走在前面，進去了這家豪華的酒店。她熟悉的走到電梯，上去第二十樓，他們踏著厚地毯，走進一間裝飾得金碧輝煌的房間。璀璀溫柔的拉他到窗前，俯瞰那迷人海景。水上漂著玩具一般的各種各樣的船隻。他想起他們曾經在樓上的酒吧一面啜著一百三十元一杯的路易十三世白蘭地，一面欣賞這個海景。這間房間一夜要多少錢？突然間，他不好意思拿出他要送她的那條絲巾。璀璀比他高明。這是她為他們闊別十年重逢的安排。住一夜就搬到青年會。

「你累嗎？」

「不累。」

「餓嗎？」

「倒有一點餓。」

「我也沒有吃午飯。我們下去吃西餐好嗎？」

「隨便。」

她在鏡子前面照了一照，他站在她背後也看了一看自己的影子。他害怕十年來累積的，椎擊肝腸的哀痛和現在燒灼心肺的狂熱慾念，會像巨浪驚濤，排山倒海地襲來，無情地驅使他，逼迫他，使他變成一頭野獸，凶狠地侵犯她，佔有她。他不敢直接看她，更不敢碰她。

「旅行袋要不要鎖起來？」

「不必，裡面沒有什麼東西。」

「下去吧。」

她帶他到二樓的牛排餐廳，裡面裝修得像珠宮貝闕，燈光暗暗的，身穿晚禮服的領台帶他們到一個卡位坐下，每人派了一分巨大的菜牌。

「來杯酒？」她問。眉毛斜斜挑起。神態佻俏。

「好。一杯伏特加馬蹄你。」

「新花樣？」

「在美國開始飲伏特加。」

「我也來一杯。來兩分巴路加烏魚子醬。其他的等一等再點。」

「你什麼時候搬進這裡的？」大愚問。

「今早。」

他像個戀愛中的青年，需要重新追求她。她用蘭花般的小指舉起高腳酒杯。兩人的目光接觸了。她含情脈脈地看他，說：「大愚。」

「璀璀。」他啜了一口酒，慢慢地復甦了，像一頭冬眠過的熊在春天甦醒。

她慢條斯理地把烏魚子醬塗在三角形的薄麵包上，啜一口酒，咬一口麵包。她和他一樣的緊張。

兩杯馬踢你下肚，大愚背了一段徐志摩作「愛的靈感」。

那一天我初次望到你，
你閃亮得如同一顆星。
我只是人叢中的一點，
一撮沙土，但一望到你，
我就感到異樣的震動，
猛襲到我生命的全部，
真像是風中的一朵花，
我內心搖晃得像昏暈，
臉上感到一陣的火燒，
我覺得幸福，一道神異的
光亮在我眼前掃過，

我又覺得悲哀，我想哭，
紛亂佔據了我的靈府。
但我當時一點不明白，
不知道這就是陷入了愛！

「你怎麼想我？」璀璀問。

我等候你。
我望著戶外的昏黃
如同望著將來，
我的心震盲了我的聽。
你怎還不來？希望
在每一秒鐘上允許開花。
我守候著你的步履，

你的笑語，你的臉，
你的柔軟的髮絲，
守候著你的一切；
希望在每一秒鐘上
枯死——你在那裡？
⋯⋯
我要你，要得我心裡生痛，
我要你的火燄似的笑，
要你的靈活的腰身，
你的髮上眼角的飛星；
我陷落在迷醉的氛圍中，
像一座島，
在蟒綠的海濤間，不自主的在浮沈⋯⋯
喔，我迫切的想望
你的來臨，想望

那一朵神奇的優曇
開上時間的頂尖！

大愚背完詩之後，牙齒上下嗑響。他怕自己支持不住，要昏過去。

「吃點東西要好過些，」璀璀說。她替他們各要了一磅重的塔塔兒牛肉，即是上好的生絞牛肉。侍者在他們面前的小桌上拌以生蛋黃、白蘭地、辣椒粉、胡椒粉、鹽、葱末等等，每人一份肉團送到面前。大愚送一口到嘴裡，嚐到涼涼香香的生肉滋味，倒不覺得血腥，於是大口大口的吃，大口大口地嚥，像發現火之前的茹毛飲血的原始人吃生肉，好像要用這團牛肉填滿十年的空虛。吃完牛肉之後吃生菜。大愚想到在森林中行走摘綠葉的長頸鹿、大象。然後吃黑森林蛋糕。塞滿肚子，猶如從黑森林走出，重見太陽的人。大愚恢復自己。

在他們飲咖啡時，一個英俊的白種人向他們走來。漂亮得像電影明星，身高六呎有餘，金髮、藍眼、薄薄的嘴唇帶著笑意，身穿筆挺的灰色西裝，白色襯衫，暗色優雅的領帶，像個「花花公子」雜誌裡服裝廣告中的模特爾。

「親愛的夫人，對不起，」那人向璀璀鞠躬，講略帶法國口音的英語，「我不願意打擾你們的歡聚，但是我想和胡大愚教授說幾句話。」
璀璀略感驚奇。「隨便。」
「胡教授，我是雷夢·卡謝。我住在樓上總統套房，請你到我那裡去談談好嗎？」
「你怎麼知道我是誰？」
「你哥哥告訴我的。」
「我哥哥？」
「胡大海同志。在北京故宮博物院做事那位。他要我與你聯絡，關於一件筆洗。」
大愚站了起來。
卡謝彎腰，吻了璀璀的手。「謝謝你，夫人。我希望我不會耽擱他太久。」

第十章

「來杯干邑？」

「不，謝謝你。你是什麼人？」

「我是收藏家。我父親是法國的鉅富，我從小養成揮霍如土的習慣，」卡謝略帶自嘲地說。「少年時收藏跑車，遊艇，女人。到了中年我對這些玩意兒玩膩了，開始收藏古董，尤其是中國青瓷器。這裡面有許多學問，我越研究越喜歡。去年我父親去世，留給我的錢多得使我受到休克。我病了，血厭降低，脈搏微弱，神智衰損。康復之後，有個頑貪縈繞於心思，揮之不去，令我廢寢忘食。我想要擁有一件中國瓷器中登峰造極之傑作：一件汝窯器。

「我們知道存世的汝器僅有六十五件。台北的故宮博物院有二十三件，北京的故宮博物院有一件，在英國有二十三件，在美國有兩件，日本有六件。但是我想，在偌大的中國大陸，一定還有。我去了北京，請教故宮博物院院長。我說，『親愛的同志，請勿見怪，但是我有個特殊的要求，要請你幫忙，希望能如願以償。我想買一件汝窯器，價錢在所不計。』」那位老先生失聲而笑，笑了好久，不說話。

「我知道汝器有多稀罕，我連忙說，於是略顯一手，以免老先生以為我是個魯莽闖來中國的白色野蠻人。汝窯器反映北宋時代理性的、內省的精神、文明，我說。當時中國文化昌盛，製瓷工業獲得最高度發展，而汝窯器達到了單色釉的極致。當時因為定窯白瓷有芒，宋徽宗特別命汝州設窯，燒造青瓷，以供御用。汝窯器的燒製原來就重質不重量，又受『唯供御揀退，方許出賣』的限制，因此流傳到民間的為數甚少。」

「老人本來一直搖頭微笑，現在他對我肅然起敬。他說，『卡謝先生，你既然知道汝器有多稀罕，當然也知道我不能幫你的忙。但是你既然千里迢迢而來，我們這裡有一件汝窯筆洗，你想不想看看？』我說我當然想有這種眼福。於是他招來你的哥哥，介紹給我，並且說他是青瓷器的專家。

「胡大海同志非常和氣，英語講得很好。院長說，『那件汝窯筆洗藏在延禧宮，並不開放，但是既然卡謝先生不遠千里而來，請你帶他去看看吧，免得他空走一趟。』胡同志於是帶了我出去，跟我走向延禧宮。我不免又將我的願望告訴胡同志。我說，難道全國再找不到一件汝窯器麼？胡同志直搖頭。

「延禧宮裡藏了許多寶物。胡同志帶我向裡面走，終於走到一間房間。他打開電燈，指著一個玻璃櫃給我看。他不用說什麼，我已經認出。那件瓷器胎很薄，釉層有一種穩重的，內含的瑩潤，這可能和釉中半透明或模糊的氣泡有關，也可能是因為釉裡有瑪瑙末的關係，我戴起眼鏡細看。釉中布滿細碎的淺色紋片，呈魚鱗狀，釉中細小沙眼呈芝麻花狀。

「我站在那裡看得出神，終於胡同志說他要鎖門了，我只好走。誰知道，第三天晚上他打電話給我，說想再跟我談談，請我八點在旅館面前等候他。他來了，我們便開始走路，走到偏僻黑暗的街道，旁邊闃無一人。胡同志問，我是不是真的想要買一件汝窯器。當然是真的，我說。他問我有誰可以證明我的身份？我說，法國大使館可以為我擔保，你只要打電話和大使談話便是。巴黎國家銀行也認識我，你可以打傳真信去詢問我的信用評級。此外，巴黎的**Musée Cernuschi**和**Musée des Arts Asiatique-Guimet**的院長都認識我，並且可以證明我的身份和來歷。

「胡同志開始告訴我胡家的背景以及你們父親在一九五〇年代把一些又一齋的古董搬到香港的經過。他說，在那些東西之中有一件汝窯筆洗和我兩天前在延禧宮裡看見的是一對。我可以在古董目標圖書中覈實。如果我研究之後同意它和延禧宮裡的是一對，而又願意在香港鑑定那件筆洗，則我要和他的弟弟，即胡教授你本人聯絡，你會把汝窯器拿給我去鑑定。你大哥自己在本星期六就要到香港。那時，假使我滿意，便可以成交。」

卡謝走到臥房，帶回幾本厚厚的圖書。一本名為《中國瓷器重寶》，是一九三五年出版的。他翻到第一個插圖，就是一個筆洗。下面註明：

汝窯粉青圓洗

器內外壁均施粉青色釉，釉面滿佈細碎紋片，部份呈麟狀裂紋，口緣釉薄處，呈淺粉紅色，底有支釘痕三，露黃色胎，高4.3公分，深2.9公分，口徑13.5公分，底徑6公分，一對之一

北宋，公元十一世紀末至十二世紀初

卡謝又翻開一本叫做《中國青瓷器》的書，大愚又看見那件筆洗的插圖和「一對之一」字樣。卡謝再翻開一本《故宮陶瓷選萃》，就是多年前老劉給他看的那本，上面的插圖和說明是一樣的。

「胡教授，你什麼時候可以讓我看這件東西？」

大愚儘量裝出鎮定的樣子。對汝器有這麼深研究的人，拿雍正仿汝騙他那裡有希望？大哥瘋了，否則怎麼會想出這麼傻的騙局？為什麼要這樣做？

「我已經和這裡的蘇富比公司分行聯絡。他們是英國拍賣古董的老字號。他們會做熱光試驗，以鑑定筆洗的年份，並且予以估價。你知道熱光試驗是什麼嗎？」

「不知道。」

「凡是物體都有輻射性。將一件瓷器燒到攝氏四百五十度時，瓷器裡的輻射性會變成光。測量光的強度即可以衡量瓷器出窯的年份。這不是很準確的辦法，但是用來辨認一件瓷器是九百年前燒製的汝窯器或是比方說，二百五十年前的雍正朝代的仿汝，卻沒有問題。」

大愚心裡猛然一抖。

「胡教授，你不舒服嗎？」

「沒有什麼，大概是長途飛行引起的疲勞。」

「當然。對不起。我們馬上就可以結束談話，讓你休息。你願意接受蘇富比的估價嗎？」

「我要有幾個公司估價。」亂扯一番。

「我可以先付你蘇富比估的價錢。別的知名鑑定家所估的價格如果更高，我會把差價補還給你。」

「你為什麼這麼性急?」

「我是個性急的動物。我想要一件汝器想得發癡，我生怕機會溜掉。蘇富比明天可以做熱光試驗嗎?」

「我要為它買保險。過期了。」再胡扯下去。

「但是你哥哥一來就要成交。在這以前有許多手續要辦。我可以替你買保險。打個電話就行。你哥哥星期六到香港，第二天晚上我就要飛回法國。」

「你不能等就不要等好了。」

卡謝臉色變得紅。脖子上一條青筋在跳動。「你一定要交出來，否則後果不堪設想。」

「咦，你在恐嚇我嗎?」

卡謝倒抽了口氣，顯然掙扎著要保持鎮定。「胡教授，我非常抱歉。你好好休息吧。我們明天再談。」

大愚很快走出卡謝的套房。這個人怎麼知道我住在文華酒店?連我自己都不知道。大愚不耐煩等電梯，從太平門走下去到第二十樓。麥考麥又怎麼知道我搭哪班機回香港的?

他回到房裡。璀璀不在裡面。他打開壁櫃，裡面掛滿她的衣服，看來像是新買的時裝。

還有高跟鞋，睡袍，許多五顏六色的絲巾。她哪裡來的錢買這麼多東西？

她已經打開他的旅行袋，把那兩瓶酒放在桌子上。他送她的那條絲巾落在地上。大愚在旅行袋裡摸出他的降血壓藥片。今早忘記服。桌上有一塊撕出來的報紙：

「倫敦的泰倫斯專程從英國飛來香港，向妳揭露保持青春美容的密訣、深度潤溼霜是消除皮膚皺紋的救星。泰倫斯將在以下地點為妳免費示範。」

璀璀大概是出去找泰倫斯了。大愚癡癡的站在窗前看那些船隻在港裡頻繁來往。

大哥怎麼會想出這麼傻的騙局？麥考麥說，他要冒一次危險。事後麥考麥就逃之夭夭。大哥要麥考麥幫的是什麼忙？

難道那件雍正仿汝原來是真的汝器？難道父親和大哥都知道那是汝器，而沒有告訴他？難道父親要回北京的時候把它留下，以免帶回去，被共產黨拿走？父親向來深藏若虛，但是他一定告訴老劉，不會交那麼寶貴的東西給他保管而不讓他知道。

那件筆洗是在老劉那裡。大愚要去美國時，把它從銀行保管箱取出，取消銀行戶口，把筆洗交給老劉。他的許多書，則藏在阿梅的公寓裡。

他走出文華酒店，不久便在喧嘩忙亂的皇后大道中，在摩肩接踵交錯而過的人群中走。爬上石級，走到士丹利街，左右是賣活雞活鴨的攤子，賣菜的高聲叫喊，「喂，買新鮮麻姑喔！三文一刀！」「買龍崗雞喔，又肥又嫩！」到處是人，街道濕漉漉的。再爬上威靈頓街，向西走去。經過一個建築地盤，客家老婆子挑著一擔擔的磚頭走上在地盤上搭的架子，走下來再挑一擔，滿面是塵灰，滿身是汗。

梁泰記在荷里活道盡頭，窗裡塞滿吸引遊客的東西，大量製造的花瓶，「宮殿式」寶藍色的陶器獅子，鼻煙壺，新山玉雕刻，石灣陶器，魯迅的石膏像，還有人民解放軍的紅星軍帽，和布娃娃，手執護照，上面印有「我要移民」的英文字樣。

店裡有七八個穿著背心短褲的青年夥計。有個大胖子坐在店後面搖扇子。大愚不認識他。

「我找劉寶春，」大愚說。「我是他的老友。我剛從美國回來。」

大胖子馬上站起來。「胡先生，您好！」

「你怎麼知道我姓胡？」

「你不就是名作家胡大愚嗎？我叫梁球，以前在這裡當伙計，你來找劉老伯，我都看見你。梁泰是我叔叔，他移民到加拿大去了。叔叔把店交給我照顧。伙計，給胡先生倒杯茶來！請坐請坐！」

「店裡的貨色和以前的不同，」大愚說。

「騙遊客。這種生意好做，不傷腦筋，」梁球說。「做真的古董生意要資本，要學問，還要靠運氣，我叔叔經營的生意，一個月能賣掉一兩件千把塊錢的東西付房租就算好了。我做遊客生意，天天有得賣，利潤不多，但是生意靠得住。胡先生這次回來住在那裡？」

「文華酒店。」

「嘩！聽說那裡住一天就要兩千塊錢，對不對？胡先生真發達唷。」

「老劉在嗎？」

梁球嘆了口氣。「胡先生，你聽我慢慢說。劉老伯病了。去年心臟病突發之後，今年又摔跤，摔斷了一條腿。真可憐。人老了，記憶力也變得很差。我叔叔去加拿大之前關照過我，要好好的照顧他，那還是在劉老伯跌倒以前。我不用叔叔說都會照顧他的。大家是小同鄉，老伯在這裡住這麼多年，就像自己家人一樣。我叫個小孩子從店裡送飯給他吃。我還為老伯買了架電視機，但是他看得懂看不懂我就不知道了。老人有天好，有天差一點。他有時頭腦清醒得很，有時跟他說話他聽不懂。胡先生，你喝茶，待會兒我帶你去看他。」

「兩年前我回來，他還是好好的，怎麼病成這個樣了。」

「人老了，沒有辦法，老伯都七十幾歲了。胡先生這次回來逗留多久？」

「一兩個星期吧。」

「在美國住得好嗎？」

「還好。你帶我去看老劉吧。」

他們走到一排破爛的舊樓，隨時會倒塌的樣子。騎樓上晾滿衣服，堆滿東西。門口有幾個老太婆坐在矮櫈子上，有的在揀豆芽，有的地上面前有一盆韮葱，一些藥材，好像在賣，又不像在賣。其中一個老婆子看見梁球就站起來叫他一聲。

「阿婆，我來看劉伯伯，」梁球說，「他好不好？」

「差不多，」老太婆說，就帶他們爬上黑暗的樓梯，走到二樓，裡面有一條通道，兩邊是用木板分隔的床位。

「我為老伯租的床位就在騎樓旁邊，比較光亮，」梁球說。「租金高一點，但是老伯整天躺在床上，總要點陽光。」

走到通道盡頭，梁球拉開布簾，一股尿臊臭向鼻子撲來，大愚看見一個瘦成骷髏骨的老人躺在床上，雙眼空空洞洞，直望天花板。這就是老劉嗎？大愚嚇了一大跳。他勉強保持鎮定，彎腰對他說，「老劉，老劉！我來看你了！」

那對空洞的眼睛看看他，沒有反應。

「我是大愚呀，老劉，我是二少爺！我回來看你了。」

老劉皺起眉頭。他雙唇塌癟，好像牙齒掉光了。梁球領略到大愚在想什麼。「他以前戴一副假牙，可是他病了之後假牙不知道放到那裡去了。」

「為什麼不為他再裝一副？」

「哎唷，胡先生呀！他路都不能走，怎麼下樓去看牙醫？」

「他怎麼吃東西？」

「吃稀飯，還要人餵。」

大愚聽了心酸，蹲在老劉床邊，抓起他乾癟的手，看見指甲又長又髒。

「老劉，老劉，我是二少爺，大少爺胡大海的弟弟大愚，老爺胡雨村的兒子，你記得我嗎？我從美國回來看你了。」

老劉看了大愚半晌，說，「頭癢。」

「我為你搔。」大愚輕輕地為他搔頭。那羽毛似的稀疏的白髮也很長，早該剪了。「老劉，你可記得北平我們家裡的柿子有多甜，多少水，多好吃？」大愚在他耳邊輕輕地說，「等你好起來，我們買柿子吃！」

兩滴眼淚從老劉的眼角流了出來。他的喉嚨嘰咕一聲。「二少爺！你回來了！」他開始咳嗽，咳得很厲害。大愚幫他坐起來，梁球從床底下拉出一個滿滿的尿壺，讓他吐痰。

老劉咳完之後，頭靠在枕頭上，好像已經精疲力竭，但是頭腦清醒了過來。

「二少爺，我跌斷了條腿。」他掀起蓋著身子的毛巾給大愚看。他只穿短褲，左腿是在膝蓋下摔斷的，腫得好厲害，還有一團烏黑的血瘀。

「好痛唷。好痛。」

「老伯摔倒了之後我帶他去瑪麗醫院敷了石膏，」梁球說，「但是石膏取下之後大腿不受用。」

「那麼應該再去看醫生。」

「不能下樓，」老劉說。

「我揹你下樓去看醫生把你的腿醫好，」大愚說。

「沒有錢哪，」老劉說。

大愚問梁球，「這是怎麼回事？」

「老伯有點儲蓄，生病之後就用完了，」梁球忙說。

「以前他住在店的樓上，為什麼搬到這裡？」

「是他願意搬的。我叔叔去了加拿大之後我一家大小就搬進店樓上住。老伯說他搬出去好了。他要不是生病嘛，這裡滿好的，有陽光，有公用浴室。」

「是你給他付的床租？」

「他的儲蓄用光之後就是我在付的。我還找個孩子照顧他，除了送稀飯，餵他吃，還把他扶到一張椅子，推他到浴室給他抹身體。這孩子叫做阿錫，他的錢也是我付的。胡先生，我沒有虧待老伯。」

「他的東西都在那裡？」

「他沒有多少東西，都在床底下那隻藤箱子裡。」

「又一齋的東西呢？」

「沒有什麼東西了！如果有的話就在那個箱子裡。我叔叔走之前樣樣點查過才交給我的。」

「我去美國之前留了一件東西給老劉保管。我們看看在不在箱子裡。」

「那要看老伯肯不肯讓我們開他的箱子。你說他腦筋胡塗嘛，也不完全胡塗。胡先生，你自己問問看。」

大愚彎腰對老劉說，「你床底下的東西拿出來我們看看好嗎，老劉？」

老劉緊抓住毛巾。「不行，那是二少爺交給我保管的寶貝，不許你們看！」他口齒不清地說。

「我就是二少爺，老劉。我又從美國回來了。我交給你的筆洗現在我想要回來。」

「不行！我劉寶春不忘恩。是胡老爺收養我把我帶大的，胡家的人交給我的東西誰都不能碰！」老劉又咳嗽，咳起了好多痰，咳得臉漲得通紅，氣喘得厲害。

「胡先生，不要再說了，我怕他心臟吃不消，」梁球說。「我店裡的夥計都聽見老伯說過這些話。他生病以前，他們有時逗他，說恐怕他在騙人，他籐箱子裡什麼東西都沒有。老伯總是非常生氣，說裡面有寶貝，誰都不許碰。」

「老劉，」大愚再彎腰說，「我就是二少爺。你記得我去美國之前交了一件雍正仿汝筆洗給你保管嗎？我有個外國朋友專門收藏這種東西。你還給我，賣了之後我就回來揹你下樓去看醫生醫好你的腿，你說怎樣？」

「不行，二少爺交給我的東西不能出賣！你們滾蛋！你們不要想挖掉我的東西，你們別看我老劉病了，有誰要碰我的東西，我就拿這條老命跟他拚！」

「沒有用的，再說下去他的心臟病要發作了，」梁球說。他從床邊的熱水瓶倒了一杯水，扶著老劉的頭，讓他喝了，再用條毛巾抹抹老劉頭上的汗珠，就要帶大愚走。這時有個高高瘦瘦的，頭上長滿癩痢孩子提了個籃子進來。那就是阿錫，送飯來了，梁球說。阿錫在熱水瓶裡注滿熱水，拿出一小鍋子的稀飯。桌上有罐豆腐乳，他用筷子撿出一塊放在碗裡，就要餵老劉吃。

「雞蛋呢？」梁球問。「我叫你每天炒個雞蛋給他吃，每天給他喝一支牛奶，在那裡？

你吃了我的錢，我就報警，他們馬上揪你回大陸！」

阿錫被梁球罵得嚇破膽。「牛奶早上給他吃了，雞蛋中午吃的，梁先生不信，問廚房的夥計好了，不要報警！」他戰戰兢兢地說。

「有多久沒有給他抹身體了？這裡臭得像個屎坑！」

「我明天就給老伯抹身體。梁先生，求求你不要報警！」

「打死你！」梁球怒氣沖沖地帶大愚走出床位。「偷渡過來的。大陸仔只會偷懶，沒有用。」

他們向梁泰記走去。「抹一次身要多久？」大愚問。

「要好好的做嘛，連洗頭，刮鬍子，剪頭髮，修指甲，總要個把鐘頭。」

「你叫阿錫明天早上好好的做。他們在浴室的時候我來開箱子。」

梁球站住了。「胡先生，這件事我不敢負責。萬一老伯知道了怎麼辦？」

「他不會知道的，如果他在浴室抹身。」

「但是以後他發現箱子裡少了東西怎麼辦？」

「包在我身上好了。東西是我的。我賣掉了那筆洗再回來帶老劉去看醫生。」

「胡先生，你住在文華酒店幾號房？」

「二〇〇二號。」

「讓我考慮考慮。」

大愚從口袋裡摸出一張五百元的鈔票，塞在梁球手裡。

「胡先生要這樣就這樣，」梁球靦覥地接過錢，強笑著說，「明天十點吧。那時那裡的住客多數出去了。」

大愚向中環走去，心裡非常難過。他迷迷昏昏地向前走。發生的事太多了。萬沒有想到兩年不見，老劉變成這個樣子，向必打街走去，有人抓住他的肩膀。

「爸！」

「阿梅！」

第十一章

「你什麼時候回來的？怎麼不告訴我？」

「今天中午才到。」好像是很久以前了。

「這次回來又是開會嗎？」阿梅笑嘻嘻地說。「大學招待麼？開完會到我那裡住。」

阿梅身邊是個身材肥大的白種人，白頭髮，看來七十多歲。

「這位是哈利・畢切夫先生。我父親胡大愚教授，」阿梅說。「爸，你看來很累，大概需要喝杯酒提提神。」

阿梅變了，她精神煥發，是個充滿自信的職業婦女。

「我們剛要到外國記者俱樂部去飲一杯，」畢切夫說。「一塊兒來吧。」

外國記者俱樂部在雪廠街，裡面主要是個長酒吧，有幾個人看見畢切夫便向他打招呼。畢切夫介紹他們給大愚。其中有個法國通訊社的記者。

「你什麼時候來到的？」畢切夫問他。

「今早從東京飛到。我在等候我們外交部長賈本德從北京飛來，我們當天將一起飛去班比亞。法國和尤曼的談判破裂，你大概知道。」

畢切夫問另外一個人「你什麼時候到的，包卜？」他是西德一個雜誌的記者。

「昨天，」包卜說，「我來報導故宮瓷器展覽會。同時做個香港的特寫。我想請教，戴卓爾夫人為什麼沒有徵求香港人民的意見，便將要把他們送到中共的手裡？他們原來不是因為要逃避共產黨才來香港的嗎？」

「我們英國人擺烏龍，」畢切夫說。「自從中國開放之後，我們以為可以向他們提出一九九七租約滿期的問題。中國始終沒有承認租約是合法的。不提出問題則罷，一經提出，他們只好說，他們拒絕續約。」

「你說怎樣？中共和英國宣布了香港前途協議草案，怡和集團就把控股公司搬到百慕達。這對一些人來說，好像英國女王移民到澳洲！」阿梅說。「有人說，滙豐銀行將在英國成立個控股公司，變成英國銀行。『一國兩制，香港五十年不變，』卻沒有說現在不能變！她又呵呵笑。你知道什麼是社會主義的民主嗎？那就是，你是民，我是主！」

「我們找個地方談談，」大愚說。

阿梅帶他到旁邊一個小桌子坐下。

「阿梅，你好嗎？」

「忙得不得了。現在鬧中國熱，外國人紛紛到中國去投資，香港則人才外流，我們請不到人做事。」她現在是她的銀行，在中環分行的外匯部經理。「我每天總要到六七點才能回家。」

「不要忙壞身體。」

「不會的。香港太有趣了。人們要了解大陸只要把香港的脈好了。中英宣布香港問題的聯合聲明時，戴卓爾夫人在人民大會堂和北京的官員笑嘻嘻地簽約的照片在報上一登出，香港市民便搶購米糧。儘管聯合聲明說，香港五十年不變，有什麼用？」

「你是怎麼認識畢切夫的？」

「他每月來銀行領退休金。他是這裡的會長。他在香港住許多年了，從前是英國報紙的特派員。我跟他們來往，也多打聽打聽外國人對香港前途的看法。爸這次回來多久？」

「一兩個星期吧。大伯要帶一批故宮的瓷器到香港展覽，星期五就到。」

「喔？大伯要來？故宮的瓷器要在香港展覽已經宣傳好久了。我不知道大伯要來！那多好！你們三十多年沒有見面了吧！這真是大事。」

「你看見他們的宣傳品嗎？大伯帶出來的東西有一件就是爺爺交出去的汝窯筆洗。」

「是的呀！報上有這件瓷器有多寶貴的報導。」她忽然拉直臉，語氣沉重地說，「爸爸你要提防，璀璀回到香港了。」

大愚睜大了眼睛看她。十年來她第一次說出璀璀的名字，卻用「提防」兩字警告他璀璀回到香港。大愚設法抑住自己的情緒。那串翡翠項鍊和素娥「顯靈」的事，後來她沒有再提，就好像沒有發生過這回事。大愚也沒有看見過她戴那串鍊子。這件事不堪研究。難道她這個明理的，受過高等教育的高級銀行職員相信鬼？無論她當時是不是在演戲，是否假裝，璀璀已經把鍊子送了給她，她為什麼對璀璀還是這麼不同情？

「你怎麼知道璀璀在香港？」大愚儘量平靜地問。

「在街上碰見她。就在皇后戲院前面，挽著個英國人的手臂迎面走來。她也看見我，但是假裝不認識，兩人就在我身邊擦過去。她長得白白胖胖的，不像是剛從大陸出來的人。」

「誰說從大陸出來的人應該什麼樣子？」大愚用最強的毅力不讓自己發怒。「怎麼樣的英國人？」

「矮矮的，大肚腩，五六十歲。」

「你怎麼知道是英國人？」

「我認出他來了。是個退休警察，叫做麥考・麥卡杜。早些時候他的相片常在報上看見，因為廉政署要調查他，指他的生活方式和他的收入不符。」

「結果怎樣？」

「還沒有解決。」

「你是什麼時候碰到他們的？」

「大約一星期前。」

她微微一笑，使大愚發作了。「阿梅，你要是想和我保持良好的父女關係，就不要再奚落璀璀。」大愚注視著她，嚴厲地說。「我已經知道她來了香港。幾天前我收到她的快信，我趕回來了。我要和她結婚，帶她去美國住。這種事無論你贊成不贊成都改不了。你明白了嗎？」

「爸，我說你要提防，是為了你好。你不要又上她的當。」

「又上她什麼當！恐怕要說她上了你的當才對！」

「爸說這話是什麼意思？」

「她把那串項鍊送給你了。」

「她送給我了，再過兩個星期她就溜了。她知道在你這裡沒有東西撈，到別的地方尋機會去了。」

「那麼你是在演戲，假裝你媽媽顯靈，替你要回那串鍊子！你太可惡了！」大愚叫道。

「不是的！我不是在演戲！我怎麼敢……」

她現在才忽然明白大愚說璀璀上她的當是什麼意思。她顯然嚇了一大跳，隨之哭了。哭得很傷心。

「爸爸，我知道我從小你就不喜歡我，因為我長得醜，」她說著拿出手絹抹眼淚。

這話使大愚大吃一驚。「我怎麼會不喜歡你？你是我唯一的孩子。」

「那麼你應該知道，我愛媽媽，我那裡會想出這種惡作劇？」

大愚難過得說不出話來。他知道他錯了。他對她太兇了。「爸對你不住，不應該對你說剛才的話。」

「爸，我所說的話都是為你好，除了爸之外，我還有什麼別人？」

阿梅擤了擤鼻涕，過了一會兒才不哭了。

沒想到她是個寂寞的孩子，大愚想。她總是顯得那麼有自信，那麼獨立。他後悔不過，這麼多年來沒有看出阿梅多麼需要他的愛護。

「我也只有你——和璀璀。」

「我和你的誤會，都是因為她。」

「你愛你的媽媽，她也愛她的媽媽。她媽媽病了，所以她去上海。難道你不能相信嗎？」

阿梅沒說什麼，臉容無限悲戚慨憤。

「我在飛機上已經碰到麥考麥，」大愚平靜地說。「大伯叫他和我聯絡，因為大伯有一件瓷器要在香港出賣。」他把遇見麥考麥的經過說了一遍。「我卻不明白他怎麼知道我從成田機場搭哪一班飛機到香港。我沒有告訴大伯。」

「你告訴過誰？」阿梅問。

「只告訴過璀璀。」

大愚又將遇見雷蒙・卡謝的經過告訴阿梅。「他怎麼知道到文華酒店找我？連我自己都不知道要到那裡。」

「是誰帶你到文華酒店的？」

「璀璀。」

大愚不自覺地抖顫一下。他告訴阿梅他去找老劉的經過。「我不明白，你大伯回去北京是三十多年前的事了。他哪裡會記得你爺爺留在香港的古董之中有件仿汝筆洗？」

「除非是真的汝器，那大伯才會記得。是真的大伯才會對麥考麥說，向你預支五萬美元。這個很明顯，他要你向卡謝要五萬美元。卡謝如果真有意思買它，付上五萬定金不成問題。你說他告訴大伯可以向巴黎國家銀行詢問他的信用評級。」

「是的。」

「明早我就打傳真過去詢問。」

「他們會告訴你嗎？」

「銀行與銀行之間常做這樣的詢問，這不算什麼。」

大愚搖搖頭。「不會是真的汝器，阿梅。如果是真的，老劉一定知道。他做事很小心，他會讓我把它隨便放在家裡，讓璀璀拿出盛小菜嗎？再說，我去美國之前把那東西交給他保管，如果是真的汝器，他會隨便塞在箱子裡放在床底下嗎？如果是汝器，他有什麼理由不告訴我？」

「有一個人知道那是汝器還是仿汝。爸，你去問她。」

「你跟我來。」

「不，我等你的消息。」

大愚走向文華酒店的時候，像感到地震似的，心裡惴惴危懼。阿梅對璀璀的看法是不是一直是對的？璀璀對他說的都是謊話。她這十年來是怎麼過的？她哪裡來的那麼許多錢買衣服？她母親十年前病危，怎麼最近才死？麥考麥是她的什麼人？

大愚勃然大怒。她從連卡佛公司偷過一枚鑽石。現在她打算用雍正仿汝當汝器賣給卡謝！

他走到文華酒店的時候，天星碼頭的鐘敲七點。他乘電梯上去房間。

「好，你回來了！」她說。他想起，他無論有多遲回來，她從不問他去了哪裡，從不發脾氣。暗娼濫貨！「我們先喝一杯酒，然後出去吃飯跳舞！」

她頭髮改梳了，左邊遮住一隻眼睛，雙耳戴著黃金大圓耳環。她身穿一件緋紅色的短裙西裝，露出雪白的肩膀和酥胸上半截，一搖一擺，踏著舞步向他湊近，用他送她的絲巾向他一拂。他未免覺得，五十多歲了，免了這套罷！

「卡謝說大哥要賣一件汝窰筆洗給他，」他說。

「他告訴你了？你那件筆洗帶回來了嗎？」她神采飛揚地問。

「行不通的，璀璀，」他厲聲說。「以雍正時代的東西冒充北宋，很容易被發現。你以為人家是傻瓜？」

她怔了一下。「誰要出賣雍正時代的東西呀？要賣的是汝器。」

「你是說，我那件筆洗不是雍正仿汝而是真的汝器？」

「不是的！」璀璀說。「大哥要用它替換故宮那件汝窰筆洗。」

「怎麼替換法？什麼意思？」

「這次的展覽是大新聞，已經安排好在展覽開幕之前，星期日早上，給來自各國的攝影記者照相。儘管故宮有拍攝得很好的照片供各報紙刊物，外國人還是要派自己的攝影家來拍攝這些寶物。這時，陳列寶物的玻璃櫃會打開。保險這批瓷器的公司和香港市政局請的保安人員會在場，全部注意力集中在攝影記者上，不注意大哥。大哥在攝影開始之前走到陳列汝窰筆洗的櫃子，快如閃電地做手腳。他是團長，走到玻璃櫃去動一動，誰也不會留意。」

「做什麼手腳？」

「用雍正仿汝掉換汝器。」

「大哥怎麼拿到雍正仿汝的？」

「你交給他。兄弟分別三十多年之後重逢，當然有許多話要說。你把仿汝帶到他的旅館房間。他們出來旅行，總是兩人住一房，但是大哥有辦法住同房的人出去。」

「然後呢？」

「大哥把真貨交給你。」

「怎麼交給我？」

「你在男廁所等他。招待會結束之後，他交給你。你便拿到蘇富比公司去估價。」

「為什麼要在眾目睽睽之下做手腳？」

「那是唯一的機會。那些寶物大哥根本碰不到。這次出來，大哥表面上是團長，其實上面有統戰部和國際聯絡部的幹部，有森嚴的保安措施。大家住在跑馬地靠近養和醫院的小旅館，每人見什麼人都有紀錄，走出旅館都有人監視。那些寶物已經運到香港，在星期六晚工作人員將在護衛人員和保安人員監視下在大會堂陳列出來。陳列好便鎖好一切玻璃櫃，如果有人靠近都會觸動無聲警報系統。大哥唯有在記者攝影的時候才能掉換那兩件東西。」

「太危險了。」

「我們買通保安公司的人，關照他們在攝影的時候睜隻眼閉隻眼。保安隊員大多是退休警察。我認識一個叫做麥考麥的退休警察。他現在是攝影記者，代表一個澳洲雜誌，他已經把名字報進去了。他將在場監視。」

「你怎麼認識他的？」

「是大哥認識他的。他常到北京去故宮照相，這樣認識的。」

「大哥怎麼知道他和保安局的關係？」

「是我告訴他的。我本來就認識這傢伙。」

「我在飛機上已經碰上他了。他向我要五萬美元，說大哥答應他事後再給他五萬。」

「向卡謝要五萬。我們住在這裡的費用就是他付的。」

「你怎麼和卡謝碰上的？」

「大哥叫我到文華酒店來找他。」

「卡謝知道這計畫嗎？」

「不知道。」

「璀璀，這是你的詭計？」

「不是。是大哥的主張。」

「那麼大哥瘋了。」

「瘋了就瘋了。」

「我不來。」

「大愚，你說什麼，難道你不幫他忙？」

「我不做這種勾當。」

「哎呀，大愚呀！難道你忘記，你祖父、叔祖都死在共產黨手上，胡家全家下放勞改，又一齋的東西全給充公？你父親從香港回去之後交出那件汝窯筆洗才保住一家性命。但是在文革的時候仍然沒有保住他的性命，紅衛兵就在大哥面前把父親踢死了。你忘記了嗎？」

「我怎能忘了？我爸慘死，我怎忘得了？」

「那次你爸顯靈，要你為他報仇，你以為那道士在胡說八道。其實那時你爸爸已經死了。」

一股寒氣從大愚頭上一直灌到腳底。

「大嫂派去製造鉛筆工廠糊鉛筆盒子，每天要糊五千個，她死的時候雙手已經沒有指甲了。大哥下放到農場勞動，挑糞便擔子，推土車，後來進監牢，沒完沒了地寫檢討書、悔過書、認罪書。他苦索枯腸，從祖父開古董店寫起。他一遍一遍地寫，就把過去的事，連最小的事都想起來了。他和你爸從香港回去北京之前，老劉給他一張所留下交他保管的古董的清單，他一件件都想起來，就像腦子裡有個照相機把它照了相一樣。他一面寫一面想，我要把父親交出去的汝窯筆洗弄回來，替父親報仇。我們談了幾天幾夜。他說有一件雍正仿汝筆洗和父親交出去的一模一樣。不知道賣掉了沒有。我說沒有。老劉把它交給了你。我說我知道你一定還有那個筆洗，你是多麼寶貝它，他告訴我有個法國人要買一件汝器。他叫我寫信給你叫你把那仿汝筆洗帶回來。他要用老命跟他們拚一拚，為胡家報仇，最多一死，他問心無愧。」

大愚默默地想了好一會兒，讀聖賢書，所學何事，我怎能淪為竊盜？

「那汝窯筆洗現在是屬於北京故宮博物院的，不管它怎麼落到他們手裡。這計畫仍然是偷。」

「偷算什麼？老劉偷你家的柿子吃，你們怪他嗎？現在英國法國博物院裡堂堂皇皇擺著的中國古董大多數還不是英國法國兵火燒圓明園偷來的？後來有個替英國政府做事的匈牙利人叫做斯坦因，他到甘肅敦煌千佛洞誘騙守洞的，帶走了二十四箱無價之寶。法國人伯希和聽見了，也跑到千佛洞，又是滿載而去！這些可都是大哥告訴我的。他說，莊子說，竊鈎者誅，竊國者侯，意思說，小偷偷個鈎子被抓到了就被殺戮，大盜偷了整個國家反而堂堂皇皇的做起諸侯來了。」

「我不必你來解釋莊子給我聽。」

「大愚，那件雍正仿汝筆洗在哪裡？」

第十二章

「我老了。」

「你不老。」

電話鈴響。是梁球。

「胡先生！劉老伯死了！他床底的箱子不見了。早上阿錫送早餐給他，發現他死在床上。我趕過去，一眼就發現那箱子不見了。」

濃密的雲蓋滿天空。街上擠滿看熱鬧的大人小孩。有兩輛警察車停在舊樓前面。二樓更擠滿人。大愚走到老劉的床位，看見裡面站著一個警察、梁球、阿錫和昨天那個老太婆。

老劉好像是嚇死的，雙眼睜開，嘴巴大張。像是腦血管爆了，皮膚底下，半邊都佈滿血。大愚摸摸那雙乾癟的冷手，叫了聲「老劉！」

「看樣子是中風。」梁球說，他臉漲得通紅。

「我什麼都沒有聽見，」老太婆說。「晚上蟑螂跑過地板我都聽見。昨夜什麼聲音都沒有。」

阿錫蹲在地上，雙手蓋著臉，嗚嗚地哭，整個身體在顫動。

警察問，「是誰發現屍體的？」

「是這個死鬼，」老太婆指著阿錫說，「早上跑來送粥給阿伯吃，叫得把整個樓的人都吵醒。」

「讓他自己說話，」警察說。「你什麼時候發現老伯死了的？」

阿錫不能回答。他把鼻涕擤在地板上，雙手在背心上抹一抹，再繼續哭下去，牙齒上下嗑響。

「你叫什麼名字？」

「阿錫。」他嗚咽地說。

「有姓嗎？」

「有。」

「姓什麼？」

「姓葉。」

「你幾歲？」

「十七歲。」

「身份證拿出來給我看。」

那老太婆忙說，「是我發現阿伯的。」

「怎麼剛才你說是他發現的，現在又說是你發現的？」

「人都死了，誰發現的有什麼關係？」

「要做報告。」

「是這樣的嘛。我早上醒來就去看阿伯一下，每天都這樣。看見他死了，我就叫阿錫去找梁球。」

「那時阿錫在哪裡？」

「啐，他就睡在騎樓上。」

「那時幾點鐘？」

「我鬼知道？」

「要做報告。」

「八點鐘吧。」

「老伯的身分證呢？」

阿錫站起來，打開床邊小桌子的櫃子，取出個錢包，警察從裡面取出身分證。

「老伯的東西呢？」梁球問老太婆。「床底下有個籐箱子哪裡去了？」

「我鬼知道？」

「跟我去殮房，」警察說。

「我又不是他的親又不是他的戚，去做什麼呀？」

「有手續要辦。」

「垃圾婆，你把老伯的箱子拿到那裡去了？」梁球再問。

「我沒有拿！」

「是你偷的。」

「天呀！」老太婆大叫，「我看見老伯死了已經嚇得半死，那裡敢偷他的箱子？」

兩名工人搬來一個黑色鐵皮長箱，一人舉頭，一人抬腳，把老劉的屍體放了進去。

「走吧走吧，」警察說。

「一定要調查到底，」梁球對警察說，「籐箱子那裡去了？」

「講得有道理！」警察說，「我叫港督親自來調查！走啦走啦！」

老太婆硬是不肯動，最後梁球說，「阿婆不要怕，我陪你去，」老太婆才停止哭叫，被梁球拖出去。工人已經抬著黑盒下樓。警察也下去了。街上有許多人等著看熱鬧。他們看見工人把黑箱搬進警察車，警察帶著老太婆和梁球進了另外一輛警察車，車子開走了，大家就散開了。

大愚走到荷里活道，看見一輛白色跑車。卡謝坐在裡面向他招手。

「請進來。」

大愚進了車子，卡謝便向太平山頂駛去，左轉彎，右轉彎，一幅幅的風景展陳在眼前。越向上駛，維多利亞港和九龍的山脈就越向下沈，視野也就變得越寬越遠，有許多島嶼散佈在蔚藍色的海面上。白色的房屋，西班牙式別墅點綴著山腰，四處是高豎的樹木，綠葉茂盛，有的開滿紫荊蘭。駛到山頂纜車站，卡謝沿著柯士甸山道再向上駛去，幾分鐘後到了柯士甸山道公園。兩人下車，向山頂公園走去。那是個佈置得整整齊齊的小花園，人極少。從這裡俯瞰四周，只見北面市區屋宇層疊，海上的輪船如星羅棋佈。九龍半島全景盡收眼底。南方薄扶林水塘四周盡是青葱樹木，遠處海上，南丫島，長洲都歷歷在望。

花園裡綠草如茵，有棕櫚葵樹，還有許多梭羅樹，白色半球狀的花簇蓋滿樹頂。這裡空氣清香，並且有山下沒有的幽靜。

有隻黃眉柳鶯在微風中搖動的樹梢上叫了一聲「喂——斯特！」接著在矮叢木中有隻鳥叫「可樂可樂可樂七七七七！」卡謝指著一隻鳥說：「你看，是隻短翅樹鶯。」

接著他們聽見一種鳥叫，聲音像在風裡動盪的銀鈴，非常悅耳。「你看樹裡藏著一群相思雀！」卡謝說。大愚仔細看，才看見一些小小綠色的鳥棲在樹裡。卡謝拍一拍手，相思雀受驚，從樹上飛起，有數十隻蝴蝶也飛了出來，漫天飛舞。卡謝笑了。

「你對香港的鳥類有研究？」大愚問。

「我有很多嗜好。」

「你常來香港？」

「有事就來。香港真美，像是仙島。」

「從這裡看，是的。」

「剛才在西環出了什麼事？」

「我一個老朋友死了。」

「很不幸。胡教授，你什麼時候可以給我看那件筆洗？」

「不知道。」

「我們現在不要玩遊戲了。」

「我真的不知道。」

「請你告訴我那筆洗在哪裡。」

「不見了。」

「這怎麼回事？」

樹鶯又叫了一聲「可樂可樂可樂七七七七！」

「給人偷去了。」

卡謝好久沒有說話。他點一支香煙深吸了一口。

「胡教授，我們不必重複昨天說過的話。你明白我要那件筆洗，價錢在所不惜。」

「我明白。」

「讓我坦白對你說一些話。希望你也坦白告訴我實話，因為時間不容許我們拖延。我替法國政府做事。你有沒有在報紙上看見法國與班比亞談判破裂，戰火隨時會燎起的消息？」

「有。」

「我們外交部長賈本德因此縮短訪華行程，以便飛去西非親自和尤曼教長談判。長話短說：班比亞回教叛軍和政府軍的戰爭已經有五年之久，四千多士兵，上萬的平民死亡，數十萬人流離失所。最近法國和尤曼的談判好像有進展。我奉命到中國去找一分厚禮送給尤曼，費用在所不計，只要他同意停止廝殺。你一定讀過關於尤曼的報導。他是個喜怒無常，有時會失去理性的人。送他一分厚禮，他會像小孩子得到生日禮物那麼高興。他一身矛盾，在牛津受過高等教育，愛音樂，愛油畫，收藏古董，尤其是中國瓷器。他像非洲許多國家領袖一樣，築了華麗的大理石宮殿，全部冷氣調節，有噴水泉，有游泳池。他私人財產大概在五十億美元上下。

「我們的情報說，尤曼夢寐已久，要擁有一件汝窯器。我奉命到中國去找。本來，賈本德要在華訪問七天。現在他縮短訪問，明天就要從北京飛到香港，拿著汝窯筆洗，飛去班比亞親自送給尤曼。我們認為，尤曼收到這分厚禮之後，他會高興得同意結束回教叛軍和政府軍的戰爭，和平解決彼此之間的問題。請你告訴我，那件筆洗怎麼會不見了？」

「它原來由我的老友保管。不幸老友今早被發現死在床上，而放在床底下的箱子不見了。那件筆洗就在裡面。」

大愚把老劉和胡家的關係說了一遍，並且告訴卡謝，在他自己去美國教書之前把筆洗交給老劉保管，以及昨天和今天他去西環舊樓發現的情形。他沒有告訴卡謝那是件雍正仿汝。

卡謝聽完大愚的話，怒揮雙臂，在草地上跳腳，一面吐出一串法國髒話，好像要把整個香港汙辱。等他罵完，跳完腳之後，身材好像矮了一尺。樹葉不再在微風中搖動，花兒不再吐出芬芳，鳥兒不叫了。連太陽也躲到雲後面去了。

「在我看來，箱子不是老太婆偷的，」大愚說。

「你說得對。沒有這麼巧的事。你要打開箱子，箱子就不見了。我們去找梁球。」

他們跑向停車處時，天空打雷，驟雨奔騰而下，粗針雨水落到地面反彈一下才流下地面。兩人跑到汽車那裡時已經像落湯雞。天色灰濛濛，卡謝開了前燈，開動雨刮，但是只看得見前面幾尺。他小心翼翼地開到荷里活道時，外面好比深夜。梁球的店門關著，樓上的窗子有燈光，大愚拍門，沒有用。他退後幾步，向上面喚叫「梁球！」叫了幾次之後，梁球從窗口探出頭。「胡先生！」

「讓我進來，我有話跟你說。」大愚翻過頭對卡謝說，「請在車裡等我。」

梁球開門了。他搖搖頭說，「是中風，腦溢血。香港擁擠得人死無葬身之地，連鬼都要排隊，要等一個月才輪到屍體火化。」他長嘆了一口氣。

大愚走進店裡，梁球給他一條毛巾抹去一頭雨水之後，倒了一杯茶給他。

「梁先生，」大愚說，「你回來之後有沒有找到那箱子？」

「沒有！那裡去找？老太婆偷去翻開來看，裡面有什麼她要的她一定拿走，把箱子扔出去了。」

「你能確定是她偷的嗎？」

「不是她是誰？一定是在阿錫跑來找我的時候她偷的。」

「我們去找她問問有沒有找到那個筆洗。」

「沒有用的。即使有，老太婆也不會承認的。」

「我必須找到那件筆洗。你說你店裡的夥計都知道老劉的箱子裡有寶貝，會不會是他們之間有人偷的？」

這時夥計們已經從樓上下來了。阿錫也在那裡，梁球扭開電燈對他們吼叫，「你們這些畜生是那一個偷了劉老伯的箱子，快說出來！」

所有的夥計都搖頭，一語不發。梁球走到他們前面把手指戳到每個人臉上。「是你這個飯桶偷的嗎？」「是你這個混蛋偷的嗎？快招出來！」

突然有個人從外面衝進來，穿著警察制服，身材矮壯，紅頭髮，鷹鈎鼻子。「好了，梁球，把那雍正筆洗交出來，不交出來就跟我到警察局去。」

梁球的圓臉變成土色。「什麼雍正筆洗？」

「操你祖宗，你這畜生屁眼裡生的混蛋！不要裝著不知道！在老劉的箱子裡的那個瓷碟子。昨晚你到他房間去偷，把他嚇死了。你現在就交出來，不然警察告你殺人！」

是麥考麥，操著流利的廣東話。

「啐！我怎麼會偷老伯的東西？他病了，我好好的照顧他，我怎麼會偷他的東西？」

「你以為那瓷碟子值得很多錢，你狗娘養的！」

「我沒有碰老伯的東西。你要找那碟子你找好了，把這店樓上樓下翻遍，要是你找到了你拿去！」梁球火辣辣地說，「你把整個警察隊叫來找好了！」

「跟我走！」麥考麥說，拿出手銬把梁球的手鉗住，便把他拖了出去。梁球一面大叫：「冤枉！我沒有偷東西！我看都沒有看見過什麼筆洗！」

外面雨落個沒停。大愚追出去時已經看不見他們了。大愚跳上卡謝的汽車。

「出了什麼事？」

「警察把梁球抓去了。」大愚心裡越來越難過。麥考麥在欺侮梁球，他自己在欺騙卡謝。他從來沒有做過這種虧心事。他厭惡所有齷齪的人，卡謝，麥考麥，梁球。他恨不得自己遠在別處。儀器板上的時鐘顯示三點。在美國東岸是凌晨三點。他突然覺得非常睏倦，只想回到房間脫下溼衣服倒在床上呼呼大睡。醒過來時也許會發現這是一場噩夢。無奈交通阻塞，車子不動了。雨水像子彈一樣打在車頂上。外面一片黑暗。車子裡空氣很壞，大愚頭痛欲裂，眼睛睜不開。他的頭越來越重，他有一種感覺，好像在沈到海底，要淹死了。他又看見老劉，雙眼張開，瞳孔擴大，嘴巴像個深洞，血流滿半個臉。他夢見他父親，他們兩人在挖土種花，挖著挖著，挖出了個粉青筆洗。他驚醒了。他還在卡謝的車子裡。

車子已經開到文華酒店門口。電燈的光芒刺著他的眼睛。看門的身材高大，舉著一把大雨傘在開車門。大愚下車。「我去停車就來，」卡謝說。

雨水在輝耀的燈光裡落下，像刀片一樣。大愚走上大理石石級，聽見個人在叫他。「胡先生！胡先生！」他翻頭一看，原來是阿錫，穿著件黃色雨衣，赤腳上是一對塑膠拖鞋。

「胡先生，我要跟你談談，關於梁球。」

「進來談。」

看門的不讓阿錫進去。大愚說，「他是我的朋友，」把阿錫拉進酒店。阿錫進了文華酒店就打寒噤。他低著頭，不敢看人，讓大愚一直拉到電梯裡。裡面有兩個洋女人。阿錫整個人束成一團，不敢碰到她們。到了第二十樓，大愚帶他到房間。璀璀不在房裡，大愚叫阿錫脫下濕漉漉的雨衣，放在浴室裡。他自己也換了一套乾衣服。

阿錫在浴室裡很久，出來時穿著一件夾克，長褲底溼了大半截，赤著腳。他一直打噴嚏。大愚給他倒了杯熱茶。

「坐下來，阿錫。你要告訴我什麼？」

「胡先生，警察捉了梁球，會不會打他？」

「不知道。」他想告訴這孩子麥考麥不是警察，但是說來話長。那個流氓不知道把梁球帶到那裡去了？

「警察以為梁球偷了那瓷碟子所以捉他的，是不是？」

「是的。」

「胡先生，梁球把籐箱藏起來了，假裝是我外婆偷的。」

「你外婆？」

「早上你看見那老婆子就是我外婆。我是去年從蛇口游水到流浮山來找外婆的。外婆對我很好，但是我找不到事做，也不敢去學校讀書，因為沒有身份證。籐箱不是外婆偷的，是梁球。昨夜差不多兩點鐘，他從街上爬到騎樓，叫我把箱子從阿伯床底下拉出來交給他。他叫我不要出聲，不然他就報警把我送回大陸去。我只好聽他的話。阿伯睡得不好，一有聲音就醒了。他聽見我在床底下摸就說，『是誰呀？』我說，『是我，阿錫，阿伯要撒尿嗎？』他說『要。』我說『等一等。』我就把箱子拉到騎樓交給梁球，再回去幫他撒屎。那時他還好好的。今天早上我發現他死了，我嚇慌了。我叫外婆進來看，她也嚇得要死，叫我去叫梁球來。下午梁球被警察捉去之後我回去告訴外婆梁球偷箱子的事。我們想了很久，不明白為什麼梁球要這樣做。後來外婆想出來了。她說梁球要假裝箱子被人偷了，因為他知道箱子裡沒有你要的碟子。你發覺之後一定會怪他，所以他索性把箱子偷走，把罪怪在外婆身上。」

「他怎麼知道碟子不在箱子裡？」

「因為我們早就打開過箱子，知道裡面沒有什麼，只有阿伯一些舊衣服舊鞋和幾本書。」

「那是什麼時候？」

「是在阿伯跌倒住醫院的時候。梁球來和外婆商量，說等阿伯回來，要我照顧他，從他店裡送飯給他吃，扶他去廁所屙屎，為他抹身，打理床位。他每月給我二十塊錢。外婆說好。我來了香港就吃外婆的。沒有事就幫她剝蒜皮。」

「剝蒜皮？」

「蒜子外面有一層皮，剝下了一袋袋交給人賣給餐館。剝起來好辛苦。剝一袋才拿幾毛錢。外婆要我好好的做。阿伯要從醫院回來那天梁球就過來看我有沒有把床位打理好。

老人的床單很臭，因為他在床上撒尿。梁球就說，我們來看看他的籐箱子裡面有什麼東西可以鋪在床上。那舊箱子是鎖著的，但是梁球左搞右搞就把它打開了。裡面有一條大毛巾，還有舊衣服舊鞋舊書，都發毛了。梁球叫我把它們搬出來放在騎樓上晒太陽，說大毛巾晒好就鋪在床上，其他的東西要收起來放回箱子。他便拿那條臭床單回店裡去洗。我在箱底找到個小碟子，我想剛好拿來放肥皂。浴室是公用的，肥皂不收起來別人就會拿走。我把碟子和阿伯的毛巾和梳子放在床邊小桌子的櫃裡，就把箱子推回床底。胡先生，你找的是不是這個肥皂碟子？外婆一定要我來問你，找到碟子警察是不是可以放梁球出來？」

阿錫打開他的夾克，從裡面掏出一個用報紙包著的東西交給大愚，大愚小心翼翼地打開報紙，裡面果然就是個粉青圓洗，釉面滿佈細碎冰裂紋，器底露黃色胎，有支釘痕三枚。

大愚從口袋裡取出錢包，抽了兩張港幣五百元的鈔票給阿錫。

「胡先生，我不能拿這個！」

「交給你外婆。她是那舊樓的業主嗎？」

「不是的。她替業主打工，看門，打掃，倒垃圾。她運氣不好。我外祖父是國大代表，他們在共產黨佔領中國時逃到香港。外祖父死了。我父親去美國留學，回去就在廣州教中學。文革的時候他們說他是美帝的特務。我那時才幾歲，什麼也不懂。他們不許我上學，別的小孩看見我就對我吐痰。我母親要和父親劃清界限，她對我說，『你爸是敵人，我要離開他，去搞革命，』她把我送到托兒所就走了。我爸被抓了起來。兩人沒有再回來。我知道我外婆在香港。文革結束以後，我和她通信。我決心來這裡。我和幾個朋友練身體、學游水，逃到蛇口，游水到流浮山。可惜來了以後我不敢報名到學校讀書，也不敢找事做，因為我沒有身分證。我真是感到迷惘。一九九七共產黨收回香港，我逃到那裡去？」

「許多人移民。」

「有錢有辦法的人移民。我沒有錢，移到那裡去？」

「一九九七離現在還有十二年。世界變化多端，你現在不要擔心。」

「胡先生，你會去找警察叫他們放梁球嗎？」

「會的，你放心。」

「那麼我走了，多謝你。」

「我教你個剝蒜皮的好辦法。把蒜子扔到滾水裡滾兩三秒鐘，撈起來之後很容易剝。」

第十三章

阿錫走了之後，大愚坐在沙發上對著那筆洗出神。這件瓷器在燈下饒覺珍貴，耀目。我是不是真的要拿它去給大哥，讓大哥用它掉換真的汝窯筆洗？而事後他在大會堂的男廁所把汝器交過來，要我送至蘇富比公司去？不錯，大哥和我都有充分理由這麼做，但是從傳統的道德觀念看來，這究竟還是偷竊的行為，因為那件汝器現在不屬於胡家，是屬於故宮。我將是同謀者。

自從昨天瓘瓘告訴他大哥的計畫之後，他心裡一直覺得不對。現在馬上要實行了。他越看那仿汝筆洗越覺得疑慮，甚至覺得它可憎。如果阿錫沒有把它拿來情形會怎樣？我豈不是要告訴大哥說那東西不見了？那又怎樣，把它打破好了。把碎片扔掉。

當然冒大危險的是大哥。萬一被人發覺，那會有什麼後果？他們雖然買通了保安人員，但是中共的保衛人員呢？還有那些攝影記者。假如有人在大哥做手腳的時候拍了照怎麼辦？如果保衛人員跟大哥到廁所，把我們兩人都抓起來怎麼辦？

不，我不做這種事。我對璀璀說過，大哥瘋了。她說，瘋了就瘋了。我可沒有瘋。我不把這雍正筆洗交給他，就是了。

但是如果因此班比亞的內戰又起，許多人因之死亡，那我對得起自己的良心嗎？不過我不能負這個責任。那是賈本德的事。人家是知名的政治家，歷事兩屆總統的外交部長，他非要我胡大愚交出一件汝器不可嗎？他沒有別的辦法對付尤曼嗎？當然有。

他站起來，把筆洗拿起來，想要怎樣把它打碎。拿到浴室把它砸在磚石地面上好了。他正要這麼做！忽然想到，大哥有膽量當眾人面前偷東西，只要我把汝器帶去蘇富比公司，那有什麼難的？難道我這點勇氣都沒有？從大會堂走到蘇富比最多是二十分鐘。那就在連卡佛大廈，走快點，十分鐘就到。難道我是個只會寫文章的懦夫？現在要報殺父之仇，我要躲避？

麥考麥那流氓把梁球帶到那裡去了？璀璀是在那裡交的這種朋友？

璀璀回來了。

「你去了那裡？」他滿腔不高興地問。

「我去洗頭。」

「這麼大雨天你去洗頭？怎麼身上一點雨水都沒有？」

「咦，酒店裡就有理髮店。」

「麥考麥把梁球帶走了。這混蛋假冒是警察衝到梁球的店裡指他偷筆洗把手銬拿出來扣在梁球手腕上把他帶走了。你要是知道麥考麥在什麼地方請你告訴他把梁球放了。」

「那筆洗呢？」

他指桌上的瓷器給她看。

有人敲門，是卡謝。「班比亞戰火又爆發了。」他臉上烏黑得像是塗了一層灰。他沒說完話就看見桌子上的瓷器。剎那之間，他的雙眼好像扭亮的燈泡，微笑從薄薄的嘴唇散遍整個臉。他挺直腰板，馬上又變成英俊瀟灑的花花公子。他走過去。

「別動！」璀璀用法語說。

卡謝的手縮了回去。

「可以看嗎？」

「可以看。看完了請你交過來一張五萬美元的銀行本票。」

「那要明天才辦得到，如果我看完滿意，它沒有裂痕，沒有鎈，釉面沒有部分磨損。」卡謝在說。

璀璀雙手穩如泰山。她捧起筆洗，在燈光下翻來翻去給卡謝看。卡謝從口袋裡取出個放大鏡，彎腰仔細察看。釉內開片呈魚鱗狀嗎？釉中細小沙眼呈芝麻花嗎？大愚恨不得把筆洗從璀璀手裡搶過來。我的天！現在不能讓卡謝看出那是雍正仿汝！

終於卡謝伸直身軀。「據說，汝器聲如磬，」他笑道，「夫人，請你用手指彈它一下。」

璀璀彈了那瓷器一下，果然發出古樂音。

「明早九點在蘇富比見？」

「不，要先為它買保險，」大愚大聲說。

「我替你打個電話一切就辦妥了。」

「不，我自己會辦。不要你管。」

「那麼我告辭了。夫人，」卡謝向璀璀鞠躬，吻了她的手，再和大愚握手告別。

「無論如何不能讓他拿去做試驗，」大愚說。「他們有一種叫做熱光試驗，用物體所發的輻射性衡量瓷器的年齡。我們要拖，等到大哥把汝器拿到手再說。」

「阿梅打了幾次電話來，只肯跟你說話，」璀璀說。

大愚撥阿梅的電話。「爸，卡謝的信用評級是AAA。」
「阿梅，我把筆洗從老劉那裡拿來了。你們銀行裡有保管箱，你來把它拿了存放進去。」
「我開車，馬上就來。爸，是怎麼回事？」
「你別多問。你快點來。」
「旅館裡也有保管箱，」璀璀說。
「不，我不要引起卡謝的注意。他好像在跟踪我。還是讓阿梅存在銀行裡妥當。」
「我十分疲倦，但是又睡不著。我躺在床上躺得背都痠了。肚子餓，只想吃一碗粥。」
「這裡不賣粥。不下雨了。我們可以出去找粥店。」
「這麼早有開的嗎？」
「在灣仔區有的。逛夜總會的人喝多了酒，就想吃粥。」
凌晨三點的香港像是鬼域。雨洗過的街道上闃無一人。大愚拉著璀璀的手從皇后大道沿著金鐘道向駱克道走去。白天的喧囂忙亂遮住了香港的真面目。睡眠中的城市像個玩倦了的小孩，玩具都不要了。商店都關門了，電燈滅了，汽車不動了。靜得可怕，冷落得可憐。
「到了一九九七，香港會不會變成荒涼的廢墟？」璀璀問。

「哪裡會？有辦法的人移民，絕大多數的人只好留下來。」大愚嘆了口氣。

「中國一百多年來備受外國侵犯和欺侮，照道理，大英帝國要把香港交回給中國，中國人應該覺得非常光榮，應該在街上遊行唱歌，歡呼慶祝百年國恥終於全部湔洗，無奈中國現在的是殘民以逞的共產政權，大陸多種連續的無情的鬥爭使大家只好設法移民，逃避可怖的命運。」

「英國為什麼肯把香港島還給中國呢？」

「因為沒有九龍和新界，香港島不能獨立生存。在一百多年前，德國人安諾德路格評價共產主義時說，如果一旦得以實現，人類社會就會退化為牧場。這預言不幸已經在中國大陸實現。外國人所以與中共交往，是為了做生意，有利可圖。和一百多年來外國侵犯中國的目的一式一樣，唯一的分別是現在沒有兵艦保護商人，卻有政治和經濟武器。」

「你想不想回去北平看看？」

旭日慢慢昇起，街上有一點動靜。一列電車在軒尼斯道叮叮噹噹駛過。送報紙的卡車把一綑綑的報紙扔在行人道。

「那裡有家粥店，我們進去吃粥，」璀璀說。

「等這一關過去以後，我們要到婚姻註冊署去結婚。我在美國東南部維吉尼亞州有個小平房，靠近大學，是分期付款買的，每月要付八百元。我的年薪四萬，扣了所得稅和種種繳費，拿到手只有兩萬。但是這個夠我們兩人過日子，假使我們節省一點。這幾年我儘量儲蓄，但是在銀行裡僅僅有一萬多元，但總是有意外的支出。這次我的來回飛機票花了一千四，你的單程機票要八百元，去年我補牙齒補掉一千五——學校的醫藥保險不包括牙科。我的老爺車開了七年，常常出毛病，一修理就是三百、五百。我應該換輛新車，但是這要一萬多元，分期付款等於背一身債，所以我的老車子能用則用，我在學校教書已經快十年，還是副教授，因為據系主任說，我『對漢學研究的發展計畫毫無貢獻。』我在學校裡不搞派系，也不拍系主任的馬屁，所以有許多時間看書和寫作。那裡環境幽靜，生活安定，應酬極少。我有四分之一畝地，有柳樹杏樹和竹樹。閒來我種花，花園裡春天有月季花，夏天有鳳仙，秋天有菊。

「我的平房有兩房一廳，我把一個臥房改為書房，在那裡看書寫作，度過許多長夜，回憶許多舊事，也做了許多夢魘，夢見魑魅魍魎纏著你不放。現在你坐在我面前，但是我餘悸猶存，生怕會有什麼事發生，把你又從我身邊奪去。璀璀，過了這一關，如果一切順利，我們還有許多好日子可過。我今年六十，你五十幾，並不算老。我們拚命節省，等省夠了錢，放暑假時，我們一起去瑞士玩。有一年我去日內瓦赴會，是人家出錢，順便去到一個叫做勞特布嫩的小鎮子玩。它在山谷中，有一道瀑布從峭壁瀉下千尺，美得不可思議。兩百年前，德國詩人歌德來到這小鎮子，得到靈感，寫了『水上精靈歌』，後來舒伯特將它配上音樂。從勞特布嫩坐小木軌火車，幾分鐘之後便到一個叫做溫根的小鎮子。我在一家小旅館住了一夜。早上醒來打開窗子，看見阿爾卑斯山脈中三座一萬多呎的高峰，叫做艾格，和尚和少女。山頂蓋著冰河，近處有一片山地，長滿綠草，我聽見銅鈴聲，不久看見一個牧童趕著一群牛從山上下來，掛在牛頭上的銅鈴叮噹作響。我仔細望望，遠處還有白色的山羊在吃草。

「在山上有許多老夫老妻看來八、九十歲，仍然健壯，大概是因為爬山的緣故，加上清香的空氣，溫煦的陽光。我想，等我從大學退休，假使我們有夠儲蓄，可以到那裡去定居。我有退休金，但是瑞士的生活費比美國高。我想和你在那裡過恬淡的日子，早上看書，下午爬山，或遊湖，或釣魚。晚上到酒店去坐坐，聽音樂，喝酒，憑窗賞月。我們就這樣過著淳樸的生活，白頭偕老，你認為怎樣？」

「為什麼要等到你退休？這一關過了之後，我們要去那裡就去那裡！」

「你說什麼？」

「你認為那件汝窰筆洗值得多少錢？」

「我沒有想過。我只想我要怎樣才能做好大哥的囑咐，為父親報仇。」

「大愚，你就是這樣才老實可愛。」

「你以為它值得許多錢？」大愚反問。

「我不知道。麥考麥要十萬元，我向大哥提出這數目時，他一口答應。」

「你和大哥談過錢的問題？」

「他說一切由你辦理。他說只要報了父仇，他就死也瞑目了。錢給你和阿梅，他不要。」

這句話好像大浪猛然向他撲來，他的生活會不會因為有錢而完全改變？「是嗎？」

「他是這麼說過。」

那件汝器值多少錢？只有像摩洛哥國王或汶萊的蘇丹那樣的人才買得起！是法外長要送給尤曼的禮物！以求停止戰火！

「假使過得了這關。」他故作冷淡，站了起來。走出街店，他踩到一窪泥水，滑了一腳，摔在地上。

「你沒事吧？」

「沒事。」太陽已經高升，看樣子今天會好熱。

「坐的士回去吧，」他說。他全身輕飄飄的，好像快要虛脫。幸好隨即來了一輛出租汽車，他們坐進去，大愚發覺他一身冷汗，他用手巾抹拭時，手不住發抖。他想起今早又忘記吃降血壓藥。

「你怎麼啦？不舒服？」璀璀問。

「沒有，」他強作鎮定，小聲說。其實他覺得身體很不舒服，只想快點回到旅館房間躺下來休息。

第十四章

一列轎車駛到文華酒店。門口站著兩個身穿禮服，襟上佩著紅色康乃馨的男人，大概是酒店的經理和副經理，在向一個剛下車，氣宇軒昂的男人鞠躬，慇懃招待那人和他的隨員進入酒店。那人是賈本德。大愚從報上的相片認出。不見卡謝。

大愚的的士等那班人都進了酒店，才駛到酒店門口。

一開房門，電話就響。是阿梅。

「爸，你快點來！我在蘇富比的辦公室，就在連卡佛大廈！卡謝也在這裡，他們就要為筆洗做熱光試驗。」

「你怎麼讓他拿到那裡去了？」大愚大叫，汗如雨下。

「現在沒有時間解釋。我跟他們說，一定要等你來才開始做試驗。」

他放下電話對璀璀說，「是阿梅，她和卡謝在蘇富比公司，要為筆洗做熱光試驗。」

「不能讓他們做！你快點去叫他們不要做！」璀璀大叫。

大愚衝出去。要快點跑去叫他們不要做試驗。但是賈本德已經抵港，卡謝要向他有交代，怎麼會同意現在不做試驗？要向他提出什麼理由呢？卡謝怎麼肯放過我？叫他等到明天大哥來，他不會同意。賈本德今天就要飛往班比亞。無論如何要快點跑去跟卡謝說不要做熱光試驗。

快點跑。跑到德輔道時撞倒了個女人。「喂，你要死啦？」她罵道。他扶她起來，向她道歉。

不要跑了。走快一點。不要再撞倒人。如果卡謝同意拖到星期日，若說可以照原定計畫賣給他。那麼我就要像這樣，拿著它跑到連卡佛大廈。我要是把那汝窯筆洗砸破怎麼辦？他忽然想起那次給素娥打針，手發抖，打了太多胰島素使她暈厥過去。我緊張起來手就不穩。大哥把那東西交過來時我要好好接住。大哥會把那筆洗放在盒子裡嗎？不會的。要做手腳，必須快如閃電，只有把它放入他外衣口袋裡。那麼我要做準備。帶個盒子去裝。不，盒子不好，裝不下我的長褲口袋。拿在手裡又靠不住。這麼熱天我也不會穿外套。帶旅行袋去。在裡面放些軟紙頭，在廁所裡把它包好才出來。那攝影記者招待會什麼時候舉行？什麼時候結束？我要什麼時候去男廁所等大哥？太早去，會引起猜疑。別人進進出出，我像個傻瓜一樣提著旅行袋站在那裡。去晚了當然不行。要問大哥。他明天就到。

有許多細節我還沒有想到。我現在這麼緊張，到星期日怎麼辦？

不要想這個了。目前的問題是怎麼對付卡謝。還是快點去罷。路上怎麼這麼多人？要走快都不能。他媽的，大道中的交通燈為什麼不肯變綠？我不要緊張，深呼吸兩下。

交通燈變綠色了，走到雲咸街又是紅燈。不要急。等一等。等一等。過了德忌拉街便沒有街道要過了。興瑋大廈、萬年大廈、陸祐行、豐樂行、振邦大廈。前面就是連卡佛大廈。我還是心裡打個底子，想想要對卡謝說什麼。想不出。頭腦一片空白。再不快點走他們要開始熱光試驗不等他了。他的臉不斷在抽搐。

到了連卡佛大廈，他已經一身大汗。一起等電梯的有個戴著圓頂禮帽，身穿黑色厚羊毛套裝的洋人。身材極高極瘦，手裡拿著一把捲得細細的黑雨傘。只有英國人會在這種天氣穿這樣服裝。自以為還在倫敦呢。

等電梯的時候大愚看見自己的長褲和鞋滿是汙漬，雙手滿是泥巴。滿頭大汗，襯衫都溼了。和英國人一起進電梯。那英國人對他視若無睹。十足安格盧撒克遜民族不可一世的氣派。暗色斜紋領帶。大概是牛津或劍橋的畢業生。兩人走出電梯，卡謝和阿梅都在那裡。阿梅看來非常憔悴。還有個中國女子，穿著高貴文雅的西裝，黑色長襪，高跟鞋，頭髮梳得光溜溜的。操著一口英國上流社會口音的英語：「早安，菲力甫爵士！這位是胡先生吧？允許我介紹墨修雷夢・卡謝，蜜斯梅胡。菲力甫・華爾頓爵士是我們公司的中國瓷器專家。」

那英國人和卡謝握手，只冷漠地向他點點頭。「早安，珍。」

「請進來，」珍笑咪咪地說，手擺出漂亮的姿勢，引他們到一個佈置得像法國貴族家庭的沙龍的房間。

那仿汝筆洗就放在一張桌子上，下面墊著一方黑氈。大愚看見，頓時感到噁心。要說話現在就是時候。對他們說，「對不起，我不要你們為它做試驗。我不想賣它了，要等我哥哥來再說。」要說得冷靜，說得漂亮。然後拿起筆洗，和阿梅走出去。不要回頭。他們要追來，也不要理采。

但是他沒有說話，因為他說不出話來。他覺得自己就要暈過去了，一點力氣也沒有。雙手塞在口袋裡，以免別人看見手在發抖。

「菲力甫爵士，你是什麼時候飛到的？」卡謝禮貌地問。

「兩天前，」英國人回答，「很長的飛行。雷夢卡謝常來香港嗎？」

「有事就來，沒事也找事來，因為我太喜歡這地方了。它美麗的風景，第一流的烹飪，以及，當然，琳瑯滿目的古董店。」

「對你這個中國古董的收藏家，這地方當然有很大的吸引力。」

「近來中國古玩的市場好嗎？」

「那要看我們在討論什麼東西。一般來說，現在翡翠最值錢。早幾個月，在香港一次拍賣會上，一對雕工精絕的巨型翡翠鳳凰獲得香港、台灣和新加坡等買家的青睞，在一番激烈競標後，最後被台灣一位收藏家以三百七十四萬港元買去了，超過原估價一百五十萬元的兩倍以上。但是另一對估價四百到五百萬港元的翡翠連坐貴子枕，卻因競標情況不熱絡，乏人問津而未能成交。再說，一個清朝銅虎頭，是在一八六〇年英法聯軍攻佔北京，士兵進駐圓明園時奪的。它原來是圓明園一個噴泉的十二生肖銅鑄獸頭像之一，每天各獸頭依次噴水，在正午十二時則一同噴水。現在所知流傳於世的只有五個。這銅虎頭像估價是三百萬至三百五十萬，結果以三百三十萬成交。」菲力甫爵士嘿嘿淺笑。

「那等於約四十萬美元，」卡謝說。「估價是一門非凡的學問。」

「有點像打橋牌，」菲力甫爵士笑道。「叫得太高或太低都不是好牌手。但是我們有幾個標準可循，是看一件東西的稀罕及可貴性，它的年代，以及它的狀況，有無受損等。」

「那麼請你看看這件瓷器的狀況如何，」卡謝站起來，走到桌子旁邊。菲力甫爵士從口袋裡取出個圓形放大鏡，把它塞在眼窩裡，扭開桌上的懸燈，彎腰仔細觀察。他用潔白的長手指拿起筆洗翻來覆去察看，足有十分鐘。最後他說，「非常之好，完美無瑕。」

「菲力甫爵士，我有理由相信這是一件汝窯瓷器，」卡謝說。

「是的，你在電話裡向我提過，」英國人說著，面色凝重起來。「汝窯內外壁均有細碎冰裂紋。由於燒造時支燒釘支持避免與匣鉢接觸，汝窯器底均留下支釘痕，也是它特徵之一。汝窯器可以造型典雅釉色溫潤見稱。在表面上，這件東西是符合這些條件的。但是要確定它的年代，我必須做熱光試驗。那是根據這個原理：凡物體都有輻射性……」

「我明白那個試驗的道理，」卡謝說。

「那麼我需要這件瓷器的所有人的許可，讓我進行這個試驗。」

卡謝指著大愚。「就是他。」

「啊，」菲力甫爵士說，「他懂英語嗎？」

「懂的，」卡謝說。

菲力甫爵士半信半疑，眼睛在大愚身上掃了一下。

「你允許我從這件瓷器底下刮下一公克以下的瓷胎末嗎？珍，請你翻譯給這位先生聽。」

「無須翻譯，我允許你這樣做，」大愚發現自己在說。

菲力甫爵士尖銳的眼光好像看穿他這個騙子。「請你在這張同意書上簽名。」

大愚把手從口袋裡伸出來，寫了字。聽天由命了。難道他們發現那是件雍正朝代的東西會殺了我不成？媽了個巴子！

菲力甫在說話，「我將從瓷器底呈現的胎刮下一公克以下的標本，以衡量礦質的晶體點陣中，電子所排出的能。能量多少，與瓷器的年齡成比例。我將把標本放在一個電熱盤上，在氮化環境中以每秒加二十度的速度加熱到攝氏四百五十度。在這個熱度，一些原子外層有缺陷的電子會受激動。而激動的能會放射光。用光電倍增管衡量光的強度，便可以確定瓷器的年齡。」

「這個試驗要多久？」卡謝問。

「二十來分鐘，」那英國人說，便將筆洗拿到另外一間房間去做試驗。

時間過得很慢。大家彼此不交談。大愚木然坐在椅子上，像從前線潰敗下來的散兵，疲憊、沮喪、眩亂，我怎麼竟不由自主地讓他們做試驗？

大約過了半小時，那英國人回來了，他臉色似蠟，表情嚴厲。「估價是門學問，但也是一種估計而已，」他說。「我們只能憑智識和經驗估定一件東西的價值。你們當然可以請別的鑑定家估計，而我將喜歡知道他的估價是什麼。」
「在你的估計，它值多少？」卡謝問。
「汝器是全世界最稀罕的瓷件，」菲力甫爵士開始說。
「我們知道，我們知道，」卡謝不耐煩地打岔。「多少？」
「一千萬元。」
「港元？」
「美元。」
大愚知道，他在和卡謝簽訂合同，由菲力甫爵士作證，將汝窯筆洗以一千萬美元賣給他，卡謝保證在阿梅為大愚在瑞士銀行開戶口，將款子存進去之後，他全身發軟，滑倒在地毯上。
「有嗅鹽嗎？」菲力甫爵士關心地說，「快拿來！」
「有虎油，」珍說，「一樣的作用。」
「要叫輛救護車罷？」卡謝說。
「不用，他醒來了，」阿梅說。她蹲在地上，在大愚的額角上擦虎油。
其實大愚並沒有失去知覺，只覺得全身無力。

「讓他休息一下。這個休克太大了。」

「是的，是的。當然的。」

他們都關心地在看他。過了一些時候，阿梅問，「爸，你好過一點沒有？」

他點點頭。

「你能站起來嗎？」

他又點點頭。阿梅扶他起來之後說，「你能走路嗎？」

他又點點頭。於是阿梅和珍兩人一人一邊，扶他下電梯。大愚渾身骨軟筋酥，腳軟無力，只感到心上一塊重石放了下來。他不必做那件他不想做的事了。在路上，珍揮手招的士，等了好半天才有一輛開來，阿梅便幫他坐進車子，謝謝珍，叫司機駛去文華酒店。

到了酒店，阿梅扶他進去，上電梯，走到房間。璀璀開門看見大愚的臉色嚇了一跳。說，「怎麼啦？」

「爸昏了過去，」阿梅說，「快點讓他躺下來。」

璀璀趕緊把他扶到床上，為他脫鞋，拿了熱毛巾來為他抹臉。「哎唷，手冰冷的！我倒杯白蘭地給他。」璀璀拿來白蘭地，但是大愚不肯喝。他就是不想開口。

「你爸太累了。長途飛行，晝夜顛倒，到了香港沒有停過，不怪他身體受不住。」她為大愚把脈，「阿梅，請你打電話叫一壺熱咖啡上來。看他，臉色蒼白，呼吸急促，手腳冰冷，是受到休克，一次又一次，身心受不了。老劉死了。」你曉得嗎？

「啊？怎麼死的？」

「昨天早上梁球打電話來說他死了，你爸就衝過去，搞了一天才回來。我看他情緒極壞，不敢問他詳情。」璀璀停了停，接著問，「他們為筆洗做了試驗？」

「做了。」

「啊？做了！卡謝是不是跟你爸過不去？」

「沒有，他沒有跟爸過不去。」阿梅說。

「那就好了，」璀璀說，「人要緊，身外之物沒有關係。」

「你怎麼這樣說呀？」阿梅問。

「你大伯對卡謝說，你爸要交給他一件汝窯瓷器賣，賣到的錢全部給你爸和你。現在卡謝以為你爸要用雍正仿汝當汝器賣給他，這還了得！不過謝天謝地，你說卡謝沒有跟他為難，這就好了。所以我說人要緊，身外之物不要緊。人生本來就是一場賭博，有時贏，有時輸，就是這麼回事。」

那麼璀璀是真的愛爸爸，不是想佔他的便宜，阿梅似乎在想。她為什麼還不告訴璀璀試驗的結果？

「哼，那個花花公子明天就到別處去尋刺激了。阿梅，他是怎麼逼你把那筆洗拿去做試驗的？」

「我早上一到銀行就被總經理叫去，他說他知道我手裡有一個古董，一定要跟卡謝去蘇富比讓他們做試驗。總經理對我這麼說，我有什麼辦法？」

「哼！從上面使壓力！」璀璀說。「那個花花公子來得真兇！」

她們只知道卡謝是揮金如土的花花公子，不知道他替法國政府做事。大愚認為沒有必要告訴她們。

大愚想起卡謝給他看的瓷器圖書，汝窯筆洗的插圖說明都說「一對之一」。他父親是不是曾經有一對，一個給了共產黨，一個留下來交給老劉？果真的話，為什麼他們沒有對我說，讓我隨便放在家裡，讓璀璀拿去盛黃瓜？昨天晚上我差一點要把它打破。想到這裡，他又標出冷汗。父親做事往往深藏不露，令人莫測高深。

老劉死了。沒有辦法知道了。他本來要揹老劉下樓去看醫生，沒想到因為要出賣筆洗的事所以遲了一步。老劉十幾歲時就來到胡家，他為人耿直，做事循規蹈矩，與世無爭，一生為胡家服務，以報胡家的「恩」。人生如夢，五、六十年一晃很快就過去。本來一個精明能幹的人，老了變得糊裡糊塗，把那汝器塞在床底下的舊箱子，想來令人心疼。他記得老劉引懷深禪師這樣說：

萬事無如退步休，
本來無證亦無修；
明窗高掛多留月，
黃菊深栽盛得秋。

有人在敲門。「送咖啡來了，」璀璀說。

衝進來的是麥考麥。「甜心，我的五萬塊錢呢？」他咧嘴笑眯眯地對璀璀說。

「誰是你的甜心呀？我們不需要你幫忙了。」

「你在說什麼？」

「你耳聾嗎？我們不需要你幫忙。取消計畫了。」

「這是什麼意思？你答應我五萬，事後再給五萬酬勞。」

「你不懂英語嗎？取消計畫了。」

「我要我的五萬。說好了的。」

「你不做事要什麼五萬？」

「你答應我的，你這負信的賤骨頭！你不交出來我去報警！」麥考麥大嚷，粗短的脖子脹得通紅。

「報什麼警？你冒充警察才要報警！」

「甜心，你昨天打電話來我就放了梁球，他的一根汗毛我都沒有碰到。你還要怎樣？乖寶貝，給點甜頭我吃吃！」他拍著璀璀的肩膀。「看在舊日的交情。」

「呸！誰是你的乖寶貝？看你說話，一口砂糖一口屎！這樣吧，我皮包裡有一萬港元，你拿去買杯啤酒漱漱口。」

「好個潑辣的母狗！」麥考麥拿著錢，聳聳肩膀走了。

璀璀轉過身來對阿梅說，「你爸體力虛弱，要大補元氣，吃人參雞湯最受用。一隻烏骨雞，加人參鬚一束，糙米半杯，桂圓肉一兩，用文火在砂鍋裡燉，快好時加少許米酒。你爸喝下去睡個大覺，睡過來應該沒事了。」

阿梅眼淚盈眶，對璀璀又哭又笑。

「你們搬到我那裡去住好了，」她說。「我們順路去買料子燉雞湯。」

「大愚，你要快點好起來，」璀璀萬分焦慮地說。「明天大哥就到了。我們要怎麼向他交代？」

大愚說話了。「對他說，那件雍正仿汝筆洗，原來是真的汝窯器！」

第十五章

胡大海率領的團體從北京抵達香港的時候，有許多新聞記者和來迎接的人士在機場等候。當他從自動門走到乘客入口大廳的斜道時，他們一擁而上，把他包圍住。

大海身材高大，腰枝筆挺，頭髮花白，穿著灰藍色的西裝，笑容可掬。有一位中外友誼協會的女代表為他在襟上別了一朵紫荊蘭。電視和攝影記者紛紛拍相，新聞記者們把麥克風推到大海面前，要他說幾句話。

大海一口悅耳的京片子，說，「這次能夠帶一批國寶到香港和外國展覽，要感謝許多國內外的朋友。他們辛苦工作，搭起文化交流的橋樑，使更多人能藉以多了解中國文化。鼓舞他們的力量是友誼，是對中國人民的熱愛。我要向這些朋友們表示謝意。」

記者們要發問題，有一位香港市政局的招待員說，「我們已經安排在中午十二時舉行記者招待會，電視現場廣播，」便把來客擁下斜道，進去汽車。

大愚在大廳裡，但是為了避免人家注意，沒有向前和大哥打招呼。他昨天吃了璀璀燉的人參雞湯之後睡了一大覺，今天醒來精神好一些，但是仍然身心疲倦，腳下虛浮不穩。他匆匆趕回阿梅在干德道的公寓，在十二點扭開電視機收到廣播。

大海在螢幕亮相，仍然笑容可掬，在特寫鏡頭中，他的英俊儀表，看得更加清楚，但也照出他黑色的眼眶和眼邊許多皺紋。

大海簡單地說明這次的展覽的內容。

「我國是瓷器的發源地，歷史悠久，由於先民不斷努力，又時有創新，所以舉世無匹。故宮博物館所收藏的名瓷很豐富，其中有不少稀世珍品，在外面極少流傳。我們為這個展覽籌備了三年之久，經過慎重考慮，精選七十五件都是出類拔萃的珍品，是宋、元、明、清各代登峰造極之作。諸位欣賞之後，可窺故宮收藏的瓷器的梗概。」

記者提出一些別的問題。

問：胡先生看來精神煥發。請問今年高壽？是否有養生之道？

答：我七十五了。我小時學少林拳，近來練氣功，這對身體有大好益處。

問：我們知道在文化大革命的時候，你受批鬥、勞改又坐牢。請問你在這段時間怎麼挨過來的。

答：文化大革命是一個非常的時期，家家都被捲進去。造反派給胡家劃為「反革命分子」。有一個時期我的確相信他們對我的批評，因為我是在陳腐的封建大家庭裡長大的。我寫了不少悔過書，批判自己，在黨的賢明領導下，奮發向上，儘力重新做人。後來我發覺我受騙了。四人幫是封建專制的破爛貨，哪裡有一點革命的氣味！他們為了推行「對資本產階的全面專政」，殺害了成千成萬的人！我僥倖從死人堆裡爬出來，體會到我們還沒有完成反封建的任務，還沒有完成實現民主的任務。

問：請胡先生談談你平反的感想。

答：胡家被劃為「反革命分子」的誣枉已經得到徹底平反。文革的經驗並沒有給我在心理上留下陰影。我的「右派」帽子已經摘下了。我所受的不公平待遇也已經結束了。文革已經結束十年。我們在開放改革，實現四個現代化。新中國的社會主義建設開始了。

訪問結束。「好個共產黨徒！」阿梅激動地說。

「口才真好！」璀璀咬緊牙根虛聲說。「真佩服！難怪他們派他做團長！」

大愚看了電視之後感到很鎮靜，很貼服。

三十多年不見面，大哥仍然是八面玲瓏，能夠應付任何局面。他原來繼承了父親深藏若虛的特性。大愚對他不勝欽佩。今晚阿梅要開車到他住的旅館接他來家裡吃飯。大愚本來也要去，但是她們認為還是由阿梅一個人去接比較好。

大愚在阿梅處仍請留下許多書籍和相片簿。他找到一張父親的照相，把它掛在客廳牆上。他在照相下面擺了一張台，買了香燭、燒豬頭、全雞、一尾鯉魚、水果，預備祭拜。兄弟三十十年闊別重逢是大事。現在胡家只有他們兩人了。大愚比大哥小十五歲，小時不聽爸爸的話就聽大哥的話。現在再見大哥猶似重見父親。

璀璀在大忙特忙，要做一頓宴席給大哥接風。她清早就出去買菜，預備做腐乳熗蝦、白扒猴頭、火膧燉魚翅、油潑童雞、糖醋黃河鯉、東坡狗肉、清湯竹蓀。大愚買了兩瓶陳年**Gaston Briand Paradis Grande Fine Champagne**干邑。

大海來時，身穿新加坡大花襯衫，看見大愚緊緊抱住他，叫道，「小弟弟！小弟弟！」聲音和三十年前一樣宏亮，「哈哈哈哈！沒想到會在香港相聚！你真棒！阿梅告訴我，你是大學教授又是名作家，還有這麼個能幹的女兒在銀行做經理，大愚，你真是好福氣！」

阿梅笑得雙頰通紅。璀璀從廚房趕出來。大海馬上大喊，「弟媳婦兒，我們又見面了！」

兩人像老朋友似地彼此抓住手臂。

「哎唷！怎麼穿得花花綠綠來了？」璀璀說。

「下午上街溜達買的。」

「大哥穿起來越發年輕瀟灑了！」

阿梅拉大海到沙發上坐下，再送上一杯茶。

「大伯，請用。」

「你這女孩嘴巴真甜，」大海說，「一路來叫大伯叫得我心頭發癢。過來，坐在我身邊！」大海拍拍身邊的椅墊。

「阿梅，大伯沒有什麼東西可以給你，就拿這個算是見面禮吧。」他從口袋裡掏出一顆紅寶石的別針。「北京鑲工好，你別上吧。」他又掏出一對景泰藍的帶墜耳環給璀璀，兩個女人都高興得拍起手來，把首飾別上戴上。他送給大愚一束榮寶齋的詩箋。「這是文革之後新出的。」

大愚接了過來。

「是什麼東西香噴噴的？一進來就聞到。」

「璀璀忙了一天為你做一頓特別好的菜給你洗塵呢，」大愚說。「也想顯一手她的功夫，討你讚許呢。」

「阿梅跟我說，弟媳婦兒很會做菜。小弟好口福。你從小就最饞，老纏著爸爸要他買東西給你吃。」

「我不記得，」大愚說。

「怎麼不記得？」大海說，「老是吵著要爸帶你去東安市場吃隆盛發的烤雞腸夾火燒，回來時吹牛，說你還吃了生煎包子、蟹殼燒餅、薰魚麵什麼的，說得你姐姐們饞死了。但是爸爸從不帶她們去吃，只帶你一人。」

「那是因為我最可憐，常給她們欺侮，」大愚笑嘻嘻說。

「你們可別相信他！」大海大叫。「小弟才不會給人欺侮呢！他小時候最兇，最會罵人。和姐姐們吵架，他說罵，『我是王八，你是龜，你給王八馱石碑！』」

大家都笑了。「好久沒有想起這個了，」大愚說，「我倒記得農曆七月十五，到北海公園太液池放荷花燈，要先吃西瓜，才能把瓜皮挖成薄薄的殼，裡面點上紅燭，帶到池上去放。我總是吃西瓜吃得肚子好脹。」

「可不是，」大海說，「小毛頭兒一個人吃一個西瓜，吃得肚皮鼓起來都不肯讓給人幫你吃，你們說饞不饞？」

大家又笑了。

「我記得把瓜皮燈兒放在水上，由它漂浮閃動，美麗極了。在池上的荷花也點上蠟燭，火光反映在水上，比什麼都好看。孩子們把新摘的荷葉梗握在手裡，荷花中心點著小紅燭。我玩得捨不得走，吃多了西瓜，坐黃包車回家時撒得爸爸一身尿，爸爸可從來不罵我，也不打我。」

「爸爸那裡會罵你打你？你是他的小寶貝，小時整天是爸爸抱著。冬天，他解開絲棉袍，把你抱在懷裡再扣上大襟，哄你睡覺，你記得嗎？」

「記得，記得！他還唱催眠歌：『我家有個胖娃娃，今年三歲整，伶俐會說話，不吃飯，不喝茶，整天叫爸爸。頭戴小洋帽，身穿粉紅紗，醒時臉常笑，好似海棠花，爺爺奶奶爹爹爸，哪一個不愛他。』我四歲、五歲時他還在唱，所以我記得這麼清楚。後來我才知道，那歌詞應該是『整天叫媽媽』，不是『爸爸』。最後一句是『爺爺奶奶爹爹媽，哪一個不愛他。』」大愚眼睛懵一紅。「大哥，我媽為什麼不要我了？」

大海沈默了半晌才說，「聽人說，她養了你之後死了，爸才抱你回家。」

大愚喉嚨一酸，看著牆上掛父親慈祥微笑的相片說，「璀璀，供品上好，我們就來點燭上香，跟爸爸叩頭行禮。」

「供品上了，只差酒，」她說，便從廚房提著一壺熱白酒出來，沖滿十二杯。大海走到祭台點燭上香，行三跪九叩首大禮之後，飲乾三杯酒。大愚照樣做。香烟裊裊升起。童年恍如日昨，他覺得自己似乎仍然是個小孩子，他希望父親的魂魄能夠伸出雙臂抱住他，他希望能夠爬到他的懷裡，聽他唱催眠歌。他在台前站了好一會，才讓璀璀和阿梅上去祭拜。

璀璀說，要開飯了，請大家坐下來。「大哥，你弟弟買了最好的法國干邑敬你呢！」大愚開了干邑，倒了一大杯給大哥，也為自己和璀璀斟了。大海拉著阿梅要她坐在身邊。

璀璀端上一個盤子，掀開碗蓋，盤上是蹦蹦跳的活蝦。她倒入茅台酒和腐乳汁用筷子攪拌，請大家就這麼活剝生吞。「這可不是普通的腐乳，」她說，「是玫瑰腐乳，加糖、醋、麻油調成汁，香不香？」

大家讚口不絕。

第二道是白扒猴頭。那是一種蘑菰，泡透之後放在大碗裡加雞湯、火腿、紹興酒蒸三小時，要吃時加少許鮮奶以旺火收汁著芡即成，璀璀說。

「猴頭這個東西我生平第一次嚐到，」大海說。「真鮮！」

「在香港什麼東西都買得到，」璀璀說。

他們吃完魚翅又吃鯉魚，等到油潑童雞上來時，大海大愚都已經有三分酒意。

「後面還有大塊文章，所以我想做個童雞子嘗嘗味道就夠了，免得吃不下狗肉。」

「狗肉！」阿梅說，「我不敢吃！」

「阿梅啊，你聽大伯說的。中國人什麼都吃。長四條腿的，只有桌子不吃！」大家又笑了。

「我怕狗肉好酸，」阿梅說。

「我做的不酸，」璀璀說，「是像東坡肉做的，不用豬肉，用狗肉吧了。狗肉有一種特別的香味。」

「好吃不好吃，心理也有關係，」大愚說，一面吃著皮脆肉嫩的童雞。「就拿北京的大糖葫蘆吧。大的一串五十顆，三尺長，倚在牆壁上，經風吹土飛，蒙上一層灰塵，上面沾的白色麥芽糖已經變得灰灰的。我跟爸爸去逛廠甸，他就買一串最大的給我，上面還插著一面用紅綠色紙做的小旗子。坐黃包車回家，我握著這東西，神氣得不得了。剩下第一顆送到嘴裡，咬下去，又脆又甜，那裡管得著塵灰！」

「我不是說過，你真饞？我記得你們回來的樣子，你手裡握著一根大糖葫蘆，兩頰塞滿糖葫蘆，滿臉塵灰，笑得像彌勒佛一樣！」

璀璀不斷給大家斟酒，大愚說，「老實說，我懷念北京的塵灰。記得爸爸總是黎明即起，看傭人開街門，掃門口，灑掃庭院。他則用鵝毛帚，輕輕拂去書房裡的塵土。一夜之間，桌子、書架，什麼都蓋上一層新塵。他書房裡有許多字畫古書古玩，他一面拂塵一面欣賞。我最喜歡的是他放在架子上的『百寶匣』，是用紫檀木做的外型好像書箱打開了像一道樓梯，每層梯上分成幾十個小格子，每個格子裡是一樣玩物，一個宋磁小瓶，一部名人手抄的寸半本四書，一個精刻的牙球，一個雕著古代故事的核桃，幾個刻有題詩繪畫的瓜子，一枚埃及古幣等等；金石、玉器、瓷器什麼都有。我問爸爸，這些東西是幾百年前或是幾千年前的人玩過的，各有各的故事，是什麼人把它們收在一起的，為什麼現在落在爸爸手裡，待他仔細揩擦？」

「爸爸說，世界的一切事物都是偶然，一撮泥土燒成瓷器，偶然從一手轉到一手。我們暫時以為是自己的。其實它有它的因緣，從一手轉到一手，我們不是真有。」

「人也是一樣，」大海說。「我們原是一把客塵，偶然中有了生命，緣起緣滅，終於又散滅在大地。」

大愚只覺照相中的父親在看他們，也在聽他們講話。

「白雲蒼狗，生命危脆，」大海說。「能使我坦然活著，就是『平常心』。以平常的懷抱活著，那麼生命的憂傷就滅去了。」

璀璀從廚房裡端出東坡狗肉。「你們說狗，狗就上來了。」

大家透了一口氣，哈哈大笑。

「弟媳婦兒敬你一杯！」大海說。「你忙壞了。坐下來吃吧！」

「這道菜著實下了一點功夫，」璀璀揮去頭上的汗說。「狗肉要放在清水裡泡兩三個鐘頭，撈起剔去骨頭，放在鐵板上將肉皮烘到金黃色，再泡入水裡洗淨，刮去焦膜，再放入鍋裡出水斷血，然後撈起，把它切成四方塊形，放入砂鍋，加鹽、酒、醬油、糖，把狗肉湯倒入，用小火燜兩小時，然後扣入碗裡，上籠蒸一小時，端上桌前翻入盤中，撒上胡椒粉和青蒜末。」

「弟媳婦兒是那裡學到做這手好菜的？」

「今晚都是江蘇菜，是我媽媽教我的。」她眼睛一紅。「怎麼著，今晚給大哥接風，要高高興興，再來一杯！」

「就這麼一杯，喝醉了明兒沒有精神可不行，」大海突然拉直了臉說。

「大哥，你可以儘量喝，醉了沒有關係，」大愚說。

「是的，大伯，請喝個痛快！」阿梅笑瞇瞇地說。

「怎麼著，你們都看著我瞇瞇笑，是什麼意思？」

「璀璀，你告訴他。」

「你告訴他。」

「告訴我什麼？」

「告訴你，明天的事用不著做了。」

大海看看大愚又看璀璀。

「啊，你在說什麼？」

「明天的事用不著做了，」大愚又說一次。

「你沒把雍正筆洗從美國帶回來嗎？」

「我沒有帶它去美國。一直放在老劉那裡。不過，那不是雍正仿汝，是官汝窯瓷器。」

「啊？你在說什麼。」

大愚把怎麼拿到那筆洗，老劉之死和卡謝怎麼逼阿梅到蘇富比公司做熱光試驗都講給大哥聽。

大海聽了好像走了魂一樣。他站起來走到玻璃窗，雙手反扣在背後，看著海景，動也不動。終於他轉過身來，細聲說，「不可能的。」

「為什麼不可能？」

「那汝窯筆洗是一對。另外一個在台灣的故宮博物院。」

「那怎麼可能？」大愚說。

「一對筆洗，一個在北京的故宮，一個在台灣的故宮，我問你，怎麼會有第三個？」

「大哥確知在台灣的故宮有一個麼？」

「我看過『清室善後委員會』查點故宮的寶物後印的清單，汝窯共二十三件，一一列出。這些都給國民黨搬到台灣去了。」

「大伯怎麼記得這麼清楚？」

「因為你爺爺把我們家的汝窯交出去，我平反之後回到故宮工作，特別查出來。」

「可能是同類型的東西。」

「不，」大海說，「除非是一對，不會完全一樣。」

大愚跑到阿梅的書房，在書架上找到一本台灣故宮博物院出版的《故宮瓷器選萃》。

其中果然有一個汝窯粉青圓筆洗的插圖。說解是：

> 器內外壁均施粉青色釉，釉面滿佈細碎紋片，部分呈麟狀裂紋，口緣釉薄處，呈淺粉紅色，底有支釘痕三，露黃色胎，高4.3公分　深2.9公分，口徑13.5公分，底徑6公分　一對之一。

他拿出來給大家看。大海看了好久，抬起頭來望著父親的照相。父親那對小眼睛裡好像暗藏了許多玄機。突然大海全身顫抖，臉變得通紅，好像有一股氣在身體裡，越脹越大，就要爆炸。最後他的喉嚨發出一聲嘷叫，然後咕嚕咕嚕地仰天大笑，越笑越大聲，笑得沒有氣，再倒抽一口繼續笑下去。他們大惑不解，最後阿梅問，「大伯，難道，難道爺爺交出去的是件雍正仿汝？」

大海指著她，笑得涕泗交流。「阿梅，你是學會計學的，我問你一句話：一對是幾個？」

「兩個。」

「那便是你的答案了。」

星期日早上十一時，在展覽會正式開幕之前，香港市政局舉行招待會，請政府高級官員，外交界、工商文教界人士參觀故宮瓷器。

大會堂是香港的一個主要文化中心，在底座的展覽廳可容五百人。當日早上，各界人士送來的賀喜花籃已經擺滿展覽廳門口。想來參觀的市民一早便在大會堂外面排隊，人越來越多，擠滿愛丁堡廣場。有的貴賓乘著轎車駛到大會堂門口，有的則沿著一道警察劃出的路走去。雖然天氣潮濕酷熱，來賓都衣冠楚楚，婦女們中西服裝都有，珠光寶氣，頭髮給理髮師做得高高蓬蓬的，噴上許多髮膠，所以即使天氣再潮濕也不會跨塌下去。小姐們穿西裝的佔大多數，有幾位則故意高跟皮鞋不穿穿平底布鞋，絲綢不穿穿藍布印花棉衣，是時髦的復古裝。幾位文教界的寵兒不穿西裝而穿長袍，拿把扇子，也在響應復古的流行風。

相形之下，外國貴賓顯得不入時，尤其是一些英國政府公務員太太，像毛姆筆下派到遙遠殖民地的公務員家屬，穿著土製不合身的汕頭綉花襯衫，灰頭白臉，好像本來面目的顏色都被亞熱帶的驕陽晒褪了。在排隊的市民盯著他們，想認出一個電影或電視明星，可惜在這些胸上都別著紅色紙牌，印上「嘉賓」兩字的人物中，沒有一個明星。

在二樓展覽廳門口，站著市政局的招待人員，個個精神煥發，笑嘻嘻地歡迎來賓。故宮的人員，新華社的人員都已經在廳裡。胡大海今天又穿上他抵港時那套灰藍色西裝，胸上別著一朵玫瑰花，笑吟吟地接待客人。他身材比別人高，講話比別人大聲，是眾目睽睽的團長。他帶領客人在廳裡轉，指著這件那件瓷器解釋給他們聽，時而英語，時而日語，時而京片子，環繞他的客人不時發出笑聲，顯然為胡團長的風采和機智傾倒。阿梅不時纏在她大伯身邊，幫他招待客人，有時把大伯的國語改用廣東話講給客人聽，兩人非常投契。

最受人注意的當然是那件「汝窯筆洗」。它獨佔一個玻璃櫃四週繞著欄杆，使觀眾無法逼近欣賞。客人大多數在廳裡轉一圈，有的戴起眼鏡，哈腰仔細研究珍品。許多人則看了一遍就和朋友們打招呼談話。展覽會反映了今天的大陸和文革時期驚天動地的巨變。大陸在國際上已經有全面緩和的形象。嘉賓有中外合資企業的商人，有大陸私營企業家。中共在試行市場經濟，似乎掙脫了馬列教條的桎梏，它的極權系統似乎不可能恢復到最初三十年的狀態了。

兩小時之後，招待會結束。大會堂的工友清理大廳，在下午一點，讓普通市民進來觀賞。

大愚請八個道士，八個和尚在廟給老劉念四十九天經。在老劉去世第七天，大海大愚璀璀和阿梅都在廟裡上香供飯，追悼老友。

在大海飛往日本之前，大愚和璀璀在大會堂裡的婚姻註冊署舉行婚禮。新娘子穿著米色的泰國綢套裝，胸前掛著雙排翡翠項鍊。那是阿梅堅持要送給她的。

「這條鍊子是你的，」阿梅說。「爺爺對爸爸說，留下來給媳婦戴。」

大愚璀璀深為感動。

在大海要走的時候，他再三叮囑阿梅說，等他回國後，要去北京看他。阿梅答應了。

大愚對大海說，「賣汝器的錢大哥你拿去。」

大海說，「我孑然一身，這麼大把年紀要許多錢做什麼？人是早晚要走的。我從小練少林拳，現在在做『退火』和『散功』的事，因為帶著功夫走，會非常辛苦。我要是帶許多錢走，也是累贅。佛說：

世間無常，國土危脆；
四大苦空，五陰無我；
生滅變異，虛偽無主；
心是惡源，形為罪藪；
如是觀察，漸離生死。

第十六章

飛機駕駛艙裡的哪吒吶喊叫戰，響如雷聲，鼻竅中噴射出四道白光，然後每噴射引擎以五萬八千磅的衝力在啟德機場的跑道向前衝去，要把大愚和璀璀一口氣送到瑞士蘇黎世，晚上十點起飛，全程五千七百七十八哩，飛行十四小時，早上五點抵達，時差七小時。

他們乘頭等艙，在機艙前端，座位寬闊，像皮沙發椅一樣舒服，招呼極好。在起飛之前，侍者就以香檳酒招待。過兩小時，他們開始晚餐服務，菜一道一道送來，但是因為是午夜，大沒有胃口，對送來的名菜不感興趣。他將座位靠背向後一攤，蓋上毯子。腦子裡思潮起伏，一夜不能合眼。

空間隨著時間慢慢消逝。終於熹微的曙光飄灑進機艙，窗外一片迷濛，好似混沌世界，只有這架巨無霸客機風馳雷掣地在趕到蘇黎世之前，遇到亂流，飛機幌動了好一會兒，好像在告訴乘客，你們要知道，摔掉空間並不是輕而易舉的事。你們嘗嘗滋味。窗外是白茫茫的空虛，飛機左顛右倒，好像六百萬零件都要鬆脫。它使出渾身解數，拚命奮鬥，最後看見目的地了，才鬆了口氣，開始降落。

蘇黎世的淩晨空氣清香，坐汽車從機場進城，寬闊的公路上車輛極少，駛到城裡，大愚看見黎瑪河上的遊艇泊在岸邊，聽見教堂的鐘聲叮噹作響。街上只有幾個人，店門還沒有開。他們從天上降下來，像兩個幽靈。汽車駛到火車站，他們乘火車到因特拉肯。窗外草地一片青葱，遠處是白雪皚皚的山峰。駛過許多整齊的農村，看見身材粗壯的農婦從麵包店買長條麵包回家，看見牧場上許多牛，一切像一幅悠然令人神往的圖畫。

因特拉肯是位於兩湖之間的名勝遊地。他們住進一家古香古色、外形像堡壘的旅館，裡面的房間卻非常現代化。他們洗臉換了輕便的衣服，便在湖邊散步，累了就在露天咖啡室息腳。湖上點綴著白色天鵝，陽光漸漸照滿湖濱山麓，濃豔的景色突然使大愚透不過氣來。人是來了，心還在香港。他們回到旅館上床便倒頭呼呼大睡。醒過來時還迷迷糊糊，忘了自己是在瑞士，以為還在香港。

「那鍋狗肉，你辛辛苦苦地做了，可惜沒有人吃。」

「怎麼沒有人吃？後來我把它熱起來，大家吃得精光。」

「我不記得。」

「你大概是喝多了酒。」

過兩天他們校正時差，才去遊玩。大愚帶璀璀去勞特布嫩和溫根，乘火車到歐洲最高的火車站，登上一萬三千六百四十二呎高的少女峰，這個名稱是紀念因特拉肯的奧古斯丁修女。兩邊是高一萬三千五百呎的和尚峰和一萬三千呎的艾格峰。他們搭電梯升到「獅身女首」高峰，南邊可見十四哩長的阿麗克冰河，北邊是層層疊疊的阿爾卑斯山脈，遙遠可以隱約分辨出德國的黑森林。

「好玩煞了！」璀璀叫道。「還有比這更高的山峰可登嗎？」

「有的，馬特峰還要高。」

「我們去玩！我們去玩！」

他們乘「冰河特車」去。坐火車繞進不見人煙的深谷，到了離海拔六千尺高的采爾馬特（**Zermatt**）。這個小鎮只有一條大街道，沒有汽車。左右是整齊的舊木屋，大多是旅館，門口掛著紅紅綠綠的旗子，窗口種著紅色的天竺葵。仰頭一望，便是峭立、高一萬四千六百九十二呎的馬特峰（**Matterhorn**），今天峰頂雲霧瀰漫，從下面看不見。

要觀賞馬特峰和環繞著它的高峰，最好是乘齒輪小火車到高那格拉（Gornergrat）。從前遊客是爬五千呎的山而上，也有人騎馬，婦女們則坐轎子。在高那格拉有個旅館，從旅館走到山脊，像身處仙境。反映的雪光爍亮耀眼，使遊客不能不戴太陽眼鏡，而因為地處海拔一萬多呎，新鮮乾爽的空氣吸入肺裡使人略覺刺痛。環繞著望而生畏的馬特峰還有十多座聳峙入雲，滿披雪衣的阿爾卑斯高峰。他們向下一望，只見交叉的冰河。

最後一班火車帶遊客下山之後，庫姆旅館只剩下十來個留宿的客人。他們在這裡過夜，為的是要觀賞日落的美景。夕陽映照在散披白雪的層巒疊嶂和浮游藍天的雲朵上面，使群山眾峰時而嫩黃襯綠，時而深紅罩紫。朵朵大小不時聚散的浮雲則一時是青紅繡球，轉瞬已成金黃的鬱金香，再變為淡白的蒲公英，五彩絢爛，活像一具萬花筒，使人應接不暇，等到太陽墜到群山背面地平線下，尖削的馬特峰卻在落日餘暉中像一把利刃閃爍眼簾，而瞬又飛逝。不久夜幕下垂，宇宙一片漆黑。

強風突起，客人們匆匆回到旅館。房間裡有煖氣，床上鋪著鵝絨被。大愚和璀璀興奮得不能入睡。

「洋人喜歡看日落，中國人卻說『夕陽無限好，只是近黃昏，』對之備極嘆惋。中國人喜歡看旭日初起，『一日之計在於晨，』我們說。」

他們凌晨四點起床，穿上厚厚的鵝絨夾克，再走到山脊，在長椅上坐著，旁無別人。灰色的雲層漸漸染上銀暉，突然太陽從山後冒升，光芒四射，金光燦爛，不可逼視。四周群山屏息，冰河鎮懾，空無樹木，不見飛鳥，一片肅靜，只見雲彩飄遊，藍天如洗。大愚目睹神移，深受感動，極難想像下界邊有塵世，還有倏忽幻滅的七情六慾。他們靜靜地坐著許久。

璀璀的眼淚突然涔涔而下。

「我回去上海的時候我媽病得很厲害。只要她能活下去，我什麼事都肯做，」她說。「我曾經是一個高幹的情婦。媽媽因此得到最好的照顧，今年才過去。」

大愚凝望旭日照耀下的雪景，沒有說什麼。實際上也無話可說。唉，佛說，「一切有為法，如夢如泡影，如露亦如電，應作如是觀。」如剛才的日出，現在已經消逝。

過了好一回，璀璀又說，「你爸把雍正仿汝當汝器交給共產黨，是怎麼回事？難道蒙住了他們？」

「不知道，」他平淡地說，「也不必猜測。」

大愚和璀璀到外遊歷，去法國，英國，到義大利到奧國參觀名勝古蹟，但是總回到他們熱愛的瑞士。瑞士整個國家像個大花園，人民衣飾整飭，城市乾淨，鄉下修得整整齊齊，很少有一塊荒蕪之地。大愚最喜歡瑞士的山村，村民過著淳樸的生活，安居樂業，與香港形成強烈的對比。瑞士自從一八一五年起便一直是中立國家，沒有和外國打過仗。

他已經向維吉尼亞的大學辭職，把書都搬來瑞士他們在勞特布嫩買的房屋。由阿梅的推薦，他把錢投資在種種公債和股票上，存款利上滾利，無論璀璀要買貂皮大衣，鑽石首飾，名貴汽車，錢都用不完。她和村民融成一片，女人教她做瑞士名菜truite au bleu，即白煮活鱒魚。她則教她們改進瑞士人愛吃的fondue chinoise，即中國火鍋。他們吃的火鍋只知放牛肉片雞肉片，沾醬油吃。她教他們吃海鮮火鍋、沙茶火鍋、毛肚火鍋、菊花鍋子，吃的瑞士人讚口不絕。

勞特布嫩只有一條大街，村民大致上靠遊客生意過活，小酒店精巧別致，附近有許多樹林小溪，大愚喜歡走路釣魚，夜晚時分，他們往往在小酒店喝酒，和村民搞得很熟。秋天是遊客生意的淡季，村民聚在一起時談的是滑雪爬山的經驗。璀璀說她要學滑雪，村民都爭著要教她。

大愚替阿梅買下她所住的公寓，並且在她的銀行戶口存一百萬美元。璀璀則不肯給阿尼多少錢，因為他手裡一有錢就拿去賭。她卻替他在中環一家名貴的髮型屋謀到差事。阿尼別的不會，就是會替女人梳頭。

大愚對璀璀說：「春之繁華，不若秋之清爽。我們過著恬淡的生活，你厭倦嗎？」

「絕對不，」她說。「我這輩子嚐夠坎坷；對現在的日子怎麼會厭倦？」

有時他看見她健美的影子從山坡滑雪過去，他想到自己對她的癡情。海可枯，石可爛，大愚永遠愛璀璀。

大愚繼續寫作，但是在完全沒有壓力之下，思路往往東奔西走，不能集中，他自覺作品的素質日見低落。他想來想去不知道是什麼理由。璀璀說，也許是因為在這裡消息不大靈通。***International Herald Tribune*** 對他們關心的事的報導不夠詳細。要等收到中文報紙，而報紙來到時，往往是兩個星期前的舊聞。

他關懷香港的前途。中共在國際上固然使人以為它的措施趨緩和，但是大愚認為這是假象。中共極權統治的本質從未有改變，他們的基本政策可以概括為經濟放鬆，政治加緊。鄧小平上台之後，幾乎第一件事便是封閉北京西單的「民主牆」，把提倡民主的魏京生等人送進監獄。一九八三年的「清除精神汙染」、一九八七年的「反資產階級自由化」運動說明了中共統治集團非常警惕，隨時隨地要扼殺任何可能影響他們的政權的言行。大陸上的民主自由的聲音越來越響亮，各階層的人民，特別是知識分子和學生，在思想上已經掙脫了馬列教條。一九八六年學生的遊行隊在北京和許多別的大城出現。他們要求民主，被當局抑制逮捕。一九八九年初，北京知識界兩次聯名上書，要求釋放以魏京生為代表的政治犯，作為政治改革的起點。大愚生怕，在這種情形之下，中共統治者為了保有和加強既得的政治權力，在必要時，會置全國的利益於不顧。

一九八九年四月十五日，共產黨前總書記胡耀邦逝世消息傳來，大學生到天安門廣場「人民英雄紀念碑」悼念，並且遊行示威，提出結束共產黨統治，要求民主。他們要求與中共當局進行改革談話，當局置之不理，說這個是動亂。人民日報也發表威嚇性的社論，引起各界的憤怒。擁護民主運動的人越來越多。四月二十七日，五十萬人在北京參加持續十二小時的遊行。當局出動大批武裝警察阻攔民眾，但民眾不顧，衝過警防線繼續遊行。當局調來有皇將師之稱的三十八軍，但是軍隊同情群眾，沒有把他們嚇倒。學生用鮮血簽名要求與當局談話，學生領袖開始絕食。北京陷於戒嚴。

參加絕食的第一天，許多學生激動興奮，到了第二第三天，情緒就很脆弱，許多人哭得像小孩，心裡想黨領導們，為什麼沒有一點人情心，看到年輕人用生命，青春和健康為賭注絕食請求，應該令人心酸，應該出來看看。但是到了第五天，第六天，絕食的學生的心冷了。他們已經看清現實，不再抱任何幻想，他們要抗爭下去。

五月四日，在震耳欲聾的鞭砲和一聲鑼響之後，大學生開始進行紀念五四運動七十周年的大遊行，參加者有上千名從上海、成都，甚至海南島趕來的大學生，工人和他們的家屬，共約二十萬人。他們高舉各式各樣的標語牌和旗幟遊行，高聲呼喊「民主萬歲！」「反對貪汙！」、「反對專制！」、「打倒鄧小平！」、「打倒李鵬！」等口號。遊行者紛紛跳過路障鐵馬，奔向天安門廣場。數千名警察在奉到不使用武力的指示，分批撤離，把整個廣場讓給示威群眾，他們高唱：

中華民族到了最危險的時候，
每個人被逼發出最後的吼聲，
起來！起來！起來！

民主運動規模越來越大，在中國歷史上空前。它涉及到中國幾百個大中城市，參加者有中共幹部、宣傳部人員。數百名新華社記者示威抗議當局，管制關於民主運動的報導，要求新聞自由。「中國人民覺醒了！」有人喊，「我們要把積藏十年要說的話說出來，中國在苦難中團結了！」

在香港和海外的中國人響應北京的學生，也遊行示威，聲援要求民主的運動。大愚和璀璀從瑞士趕到巴黎參加示威。他們也預備在巴黎和大哥聚會，因為大哥在六月間要帶那批故宮的瓷器到巴黎的 **Musée Guimet** 展覽。這所博物院屬羅浮宮，專門展覽羅浮宮收藏的東方珍品。

五月二十日，在武力鎮壓的陰影下，北京停水停止供應食物，希望藉此解散人群，但是沒有效果，於是調來二十萬大軍。但是立即有百萬群眾匯聚築成深厚人牆，阻止軍隊進城。

六月二日，軍隊趁學生和市民一時懈怠，悄然進城。六月四日凌晨氣候很涼，在天安門絕食靜坐的學生聽見槍聲不時傳來，空中也逐漸聞到火藥味。紀念碑台階一排排坐著手緊牽著手的學生，大家有預感，生命或將結束，唱起「龍的傳人」。

中共當局就在當晚出動幾十萬武裝部隊、公安警察，用機槍和坦克車有組織地，大規模地屠殺自己的同胞，並且逮捕上千人。死亡者估計有數萬人。逃走的學生成為通緝犯。

全世界的反應以香港最為激烈，百萬人大遊行中有坐輪椅的殘廢人，有老人，有左派團體的人，他們舉的標言反映，他們熱烈支持大陸的學生和老百姓不惜濺血以求民主的心聲。標語中以「今天的北京、明天的香港」最能表示港人對九七大限的焦慮心情。

各國紛紛決定經濟制裁中共。許多文化交流計畫，包括原定在巴黎舉行的故宮瓷器展

Em 4/4

龍的傳人

Em　D　|　G　Em　|　Em　D

6 7 1 2 3 2 | 1 1 7 6 6 0 | 6 7 1 2 3 2

遙遠的東方有　一條　江，　它的　名字就
古老的東方有　一條　龍，　它的　名字就
百年前寧靜的　一個　夜，　巨變　前夕的

G　Em　|　Em　D　|　G　Em

1 7 1 2 3 – | 6 7 1 2 3 2 | 1 1 7 6 –

叫　長　江。　遙遠的東方有　一條　河，
叫　中　國。　古老的東方有　一群　人，
深　夜　裏，　槍炮聲敲碎了　寧靜　夜，

D7　|　Em　|　G

7 7 7 1 7 | 6 6 5 6 – | 3 3 3 2 1

它的名字就　叫黃　河。　雖不曾看見
他們全都是　龍的傳人。　巨龍腳底下
四面楚歌是　姑息的劍。　多少年炮聲

D　|　Em　|　B7　|　Em

2 2 3 2 – | 1 1 1 2 1 | 7 7 1 7 – | 3 3 3 2 1

長江　美，　夢裏常神游　長江　水，　雖不　曾聽見
我成　長，　長成以後是　龍的傳人，　黑眼睛黑頭髮
仍隆　隆，　多少年又是　多少　年。　巨龍　巨龍你

D　|　Em　B7　|　Em

2 2 3 2 – | 1 1 7 1 7 | 6 6 5 6 6 0

黃河　壯，　澎湃洶　湧　在夢　裏。
黃皮　膚，　永永遠　遠　是龍的傳人。
擦亮　眼，　永永遠遠地　擦亮　眼。

覽都被取消。大愚為大哥的安全擔心，試打電話去北京打不通，他們跑到姬美博物院想探聽他們有沒有辦法和故宮聯絡。博物院的人毫無辦法。大愚忽然想到，卡謝說過，博物院長認識他，於是他從院長那裡打聽到卡謝的電話號碼，趕著就撥接，同時在想，卡謝會不會在巴黎。誰知卡謝自己接電話。他們約了時間在大愚住的旅館大廳見面。

「老友！」卡謝說，「由於你的幫忙，班比亞的內戰停止了。」

「那件筆洗起了這樣大的作用？」

「當然也要歸功於賈本德先生的外交手段，」卡謝笑道。「但是尤曼教長得了那份重禮，的確使賈本德先生艱難的工作順利得多了。聽說，兩年前，在河南省寶豐縣大營鎮的清涼寺，他們找到了為宮廷燒製御用汝瓷的窯址。從出土的部分標本看，它們和傳世的御用汝器完全一樣。原來那地方在宋時歸汝州管轄。窯址產品很豐富，不但燒製汝瓷，還生產別種瓷器。窯場總面積二十五萬平方米，其間窯口密布，瓷片，窯具堆積如山。更有趣的是，在清涼寺窯址附近發現了瑪瑙礦。汝器釉中有瑪瑙末之謎於是有了答案。今年三月間，在寶豐縣的蠻了營村，農民起土時發現四十七件汝器。哈哈，以後如果尤曼教長再想要一件汝器，也許有辦法了。」

「物以稀為貴，」大愚說。「這消息最好不要讓尤曼知道，否則他的叛軍復起怎麼辦？」

卡謝仰大笑。

「卡謝先生，我想請你幫我一忙，」大愚說，「我哥哥在北京。由於天安門事件我想與他聯絡，問問他的情況。但是電話電傳都打不通。六四那天，各城市的市民截斷了鐵路交通，全國火車停駛。內戰彷彿隨時可能爆發。中共統治者大量逮捕人民，加以嚴懲。在電視上看見天安門廣場到處是荷槍實彈的士兵和公安警察，好像準備隨時撲殺要求民主的老百姓。我替哥哥擔心。」

「像你哥哥這樣年紀的老先生，大概不會參加民運活動的，」卡謝說。「但是為了你的安心，讓我試試看能不能打聽出一點消息。」

第二天，卡謝來到大愚的旅館，臉色沈重地說，「我感到非常哀痛。你哥哥在六四那天上街看熱鬧，被坦克輾死了。」

第十七章

「同胞的苦難，我們不能坐視不顧，我們回香港去！」大愚對璀璀說。

他們在瑞士辦理一些手續，把房屋交人看管等等之後，便從日內瓦搭機飛往香港。在飛機裡，大愚悲痛地想，中共四十年來不斷整肅，不斷鬥爭，慘死餓死者數以億萬計。中共的極權統治徹地摧毀了中國傳統文化和民間社會的基礎。我們怎麼辦？怎麼辦？

他們的飛機在啟德機場降落的時候，英國外長霍維的飛機剛剛著地。霍維來港，是要設法使港人對英國政改恢復信心，並且試探英國政府在「實際情況之下」有什麼辦法減輕港人對前途的焦慮。

有一百名記者在機場等候霍維。「你們沒有比英國更加忠實的朋友，」他宣讀一篇言論說。他說他要聽取港人的意見，並且解釋英國政府的立場。他不肯答復記者們提出的問題，在眾人的噓聲離開機場。

在機場外面，有一萬人高舉標語，他們向霍維喚叫，要英國政府對香港的前途負責。阿梅來接飛機，激動地告訴他們，港人在美國、加拿大、澳洲等領事館前排長隊，等候辦理移民手續。新加坡宣布放寬移民額，申請移民的急於領取表格，麕集在領事館前互相推擠噪鬧，警察只好出動維持秩序。全市人心惶惶不可終日，澳門變成熱門的居留地，因為在那裡取得居留權之後，六年後，歸化葡萄牙，取得護照到歐洲共同體的國家居住就業。孕婦早有風氣，設法適時前往美國、加拿大或澳洲分娩，替子女取得外國公民的資格，以及日後為父母申請到外國定居，現在孕婦也要到澳門去生孩子了。更有些人走投無路，出錢買靠不住的中美或非洲小國的護照，並且在這些小國投資。有些小國更改法律拒絕承認他們的護照，這些人原來的國籍已經被撤銷，變成無國籍的人，更妙的，是有人憑空想出一個假國家的名字賣假護照，騙了許多錢之後逃之夭夭。從大陸偷渡的人一批一批湧來。香港收容不住，自一九八二年起便把他們遣回大陸。但是幾天前，大陸拒絕一批被遣回的非法入境者，原因是要迫使港府把六十多個民運人士遣返回大陸，這使港府受到很大困擾。因為過去香港每年捕獲二萬名偷渡者，如不能遣返，不但拘留場所和開支難以應付，而且可能引發大陸人民的偷渡潮。

「傳說，中共人大常委會將提議從嚴制訂基本法，九七年後禁港人進行『反政府』活動，重中有擬在港駐軍、宣佈緊急狀態，禁止新聞界干預大陸政治，」阿梅說。

到家之後，大愚告訴阿梅說，大伯被坦克車輾死了。阿梅哭得非常傷心。

在以後的日子，大愚聽到的故事越來越多。做父母的為了他們子女的前途要移民美國，只好把其中一個智力遲鈍的留寄收容所，因為美國拒絕智力遲鈍的人移民。美國更拒絕患神精病者、性行為異常者、吸毒者、酗酒徒、職業性乞丐、游民、有前科者、一夫多妻者、娼妓、共產黨員、想推翻美國政府的人移民。其他的國民對移民也有類似的限制。

更有想移民外國的人將臥病在床的父母送入老人院，或是送入醫院而自己一去不返。還有人因為不得移民而跳樓自殺。

「還我中國人的尊嚴！」大愚叫道。

他又開始寫文章了。如果大陸不變，香港就要變。儘管許多人想移民，絕大多數的人沒有辦法，只好留在香港。香港人不能坐著等大陸變，應該做一些事，在草擬基本法上知其不可為而為，盡量爭取較為民主的法制，以為最起碼的保障。他認為，港人應該按五個方向團結努力：一、香港制度必須走向民主化。二、制定人權法案。三、民主派組織政黨。

四、香港國際化，尤其經濟方面，不能過分倚賴大陸，使中共日後干預時也有所顧忌。五、人口國際化，鼓勵持外國護照的海外華人回港發展，既便對安定香港有具體意義，也教中共看到港人就想到外國政府的支持。

大量花錢花精神支持中國民運，更不斷在報紙發表文章，指出海外中國民運團體需要團結。民運是長期的奮鬥，支援民運的各地同胞都要有堅持到底的決心。

中國保證在一九九七年之後「港人治港‥香港特別行政區立法機關由選舉產生」，「除外交和國防事務外，香港享有高度的自治權。」在此同時，英國也答應要在香港建立強有力的民主政府以便安然渡過一九九七年主權轉移的時期。

一九九七年二月，英國秘密答應中國在一九九七年轉移主權之前，香港立法局民選議員人數不會超過總額的三分之一。因之，九月十五日，香港有史以來第一次的民主選舉，將只能選舉立法局六十個議席中的十八個議席。

大家馬上會問的問題是‥英國為什麼這麼願意串通北京的獨裁者，使香港不能實行民主？

這有兩個原因。

第一，英國想和北京保持合作以便英國的公司得以在中國獲取利益，英國異想天開，誤以為討好北京就可以使北京在一九九七年轉移主權之前更加和它合作。

第二，英國外交部非常害怕民選的香港立法局會對香港的殖民政府發生衝擊。英國知道假如它在香港立法局裡喪失了乖順聽話的多數，立法局就會要求自由選舉和要譴責中英兩國削損香港自治權的舉措。

此外，民選的立法局會要修正中國所擬訂的，在一九九七年之後作為香港憲法的基本法。

紀念六四天安門大屠殺二周年，香港居民又舉行萬人大遊行。稱為「六四國殤兩周年大遊行」的隊伍在烈日下進行，沿途大喊口號，高舉標語橫幅，標語分別寫著：「愛國愛民，香港精神」、「有始有終，民運成功」、「釋放民運人士，悼念死難同胞」、「平反八九民運、追究屠城責任」等字句，反映出參加遊行群眾的心聲。

傍晚，在遊行結束後，一千多人聚集在新華社香港分社對街，幾度要衝過一百多名警員組成的防線要將兩副棺材抬放到新華社分社門口。

「香港市民支援愛國民主運動聯絡委員會」主席司徒華說，「香港同胞仍然是支援中國愛國民主運動的冠軍。香港仍然是支援中國民運的前哨陣地。」台灣聯合報的社論說，「我們向支援中國民運盛情不衰的香港人致敬！我們又一次得到體認：最反共的是中國大陸同胞，其次是香港同胞，再其次是海外各地僑胞。」

一九九〇年內，香港市民申請入英國籍者有三萬五千人之多，是前所未有，主要理由是因為英方批准五萬名香港戶主及家屬可取得正式英國公民身分。單在法令通過那天，便有近兩萬人到人民入境事務處領取申請書。

一個多月以後，大陸發生了百年罕見的水災。

七月十五日中共中央辦公廳印發的內部報告及其開列的統計：

受洪災嚴重的省份已蔓延到十八省三百四十多個縣。

受災人數已達二億三千萬。

八千多萬人正等待著安置。

死亡和散失的人數接近十萬（截至七月十二日的統計。七月八日內部通訊說的是五萬五千）。

國家財產和人民財產損失四百五十億（初步統計）。

七月十六日，中共中央政治局召開有關救災緊急會議並發出命令：中央部委和各省領導在災情沒有得到全面控制，受災地區沒有得到初步恢復正常，災區抗災、防災工作部署沒有得到落實情況下，一律暫停出國訪問（特殊、緊急例外），一切非緊迫的全國性會議要暫停、延期或取消，要和當地駐軍配合加強抗災重建家園的宣傳工作。

中央文件說：各省市調撥已近五億元現金和生活、醫療用品以及五十萬噸糧食趕運災區。中央軍委已簽署命令，濟南軍區、南京軍區、成都軍區、廣州軍區派出一百二十萬大軍投入救災，搶修等項工作。

救災不忘階級鬥爭。政治局發出指示，各地要密切注意和打擊社會上敵對勢力乘機破壞政民關係、軍民關係和挑撥、製造事端。為了「國際階級鬥爭」的需要，水災發生後，中央明確指示禁止外國記者到災區採訪，發現違令者，一律驅逐出境。在呼籲國際救濟後，情況應有所改變。

北京的外國記者俱樂部，也被正式取締。國家安全部認為，一些外國記者利用這個俱樂部，不僅散發反動宣傳材料，而且還為境內外「反革命組織穿針引線」。

七月十一日，中共民政部副部長陳虹以中國「國際減災十年」委員會祕書長的名義，在北京召開中外記者招待會，緊急呼籲國際社會向中國提供人道主義的救急援助和恢復重建方面的中長期援助。他並提出，至少要二億多美元和各種物資器材以完成救災任務。

二億多美元這個數字提出來了，但各國響應的卻十分冷淡，只除了香港這個中共將在六年後收回主權的地區。

七月十九日，由聯合國開發計畫署駐華代表處發起的國際援助中國水災地區項目文件，在北京簽署。參加簽字的各國駐華使節及香港英國政府的代表，合共捐出的救災援助款項為七百二十四萬四千美元，其中香港英國政府的捐款即達六百四十三萬五千美元，佔各國政府捐款總額的百分之九十。

各國政府中，日本捐出三十萬美元現款及三十萬美元物資，西德二十七萬八千美元，台灣捐款到七月二十日止，達四百多萬美元。美國則只捐出二萬五千美元。

水利專家們對百年罕見的水災各有意見。有人認為淮河流域總水量不及一九五四年的大，但是由於六月以來，淮河流域連續出現兩次暴雨，使長江淮河並漲。有人認為災情特別嚴重，是由於水利管理不完善，許多人在圍圩造田的地方種了莊稼，大水一來就淹沒。老百姓說，這場大水不怪別的，就怪總書記的名字叫做「江澤民」。

還是天地不仁，還是中國人命運多舛，遭此劫難？洪水不退，糧食發霉腐爛，牲畜屍臭四溢。香港的市民，在電視上看見災民的情況，他們與洪水與飢餓病魔搏鬥。水退之後，災區忽告苦旱，農田龜裂，無法耕種。苦難的中國人何時才能脫苦海？

香港演藝界總動員為災民舉辦「演藝界忘我賑災大匯演」，地點在跑馬地賽馬場，由當地兩家電視台，台灣的電視台和北京中央電視台聯合轉播。五萬港民跟著歌星唱「明天會更好」，手拉手，從「輕輕敲醒沉睡的心靈，慢慢張開你的眼睛，看看忙碌的世界是不是依然孤獨地轉個不停」唱到：

唱出你的熱情，伸出你的雙手
讓我擁抱著你的夢
讓我擁有你真心的面孔
讓我們的笑容充滿著青春的驕傲
讓我們期待明天會更好

最後歌星大匯演的主題曲「溜溜千里心」，為壓軸。那天的大匯演籌得港幣一億一千多萬元，等於一千四百多萬美元。台灣的企業和個人捐獻總數達七百四十萬美元。

各界舉行規模大小不同的賑災會。有一晚，乘著勞斯萊斯轎車的香港「上層社會」紛紛來到一家豪華的大酒店，參加珠寶拍賣賑災晚會，那些捐出的珠寶都經拍賣行估價，編列目錄，幾天前已經在酒店的大廳陳列，供人觀賞。在拍賣品中，以胡大愚夫人璀璀女士捐出的雙排翡翠項鍊最為矚目。

今晚是個黑領帶宴會。男士們大多穿著義大利名牌晚禮服，女士們穿的有法國時裝設計家特別設計的衣裳。今年時髦短裙，越短越好，配以黑色長襪和高跟鞋。年齡比較大的太太們多數穿旗袍。璀璀穿著一件滾綉花邊的墨綠色絲旗袍，腦勺子後梳一個大蝴蝶髻，一對兩寸長的金耳環襯著她豐白的臉龐，使她顯得古香古色，雍容華貴。

來賓們用完一頓精美的西餐後，拍賣開始。拍賣品有各種各式的珠寶，有的價值純粹在其手工、藝術性和造型。西洋骨董珠寶，以溫莎公爵夫人的遺物，一件鑽石別針身價最高。在翡翠方面，由於高質素而體積大的翡翠石來源不多，一套項鍊、耳環和戒指的上等翡翠首飾，被買家以二百六十萬港元購得，但是一對被看好的，估價高達三百萬至四百萬的手環，在拍賣員叫到二百萬時，便沒有人再抬價而未能賣出。

璀璀越來越緊張。在會還有人要買翠玉嗎？她的鍊子是晶瑩剔透的老坑玻璃種的高檔翡翠，又是慈禧太后戴過的。拍賣公司估價在一千萬至一千二百萬，算是保守的。

拍賣員從五百萬叫起，有兩三個人出價，但喊到九百萬時，沒有人再出價。如果價錢不能喊高到一千萬底價，這串鍊子只好收回。來賓彼此相顧，低聲議論，但沒有人出價。

拍賣員身邊的電話突然鈴響大作。有一位在台灣的私人收藏家說他出一千萬！拍賣員宣布之後，再問三聲還有沒有人出價。沒有人回應之後，便落槌宣布已以一千萬港元將胡大愚夫人的雙排翡翠項鍊賣給台灣的收藏家。全場哄然掌聲如雷，久久不歇，要胡夫人站起來說幾句話。

璀璀走到拍賣台，手持麥克風，雙眼含淚說，「我捐這串翡翠鍊子給大陸的災民，我希望香港人，無論貧富，能捐獻多少，都會獻出一顆慈愛的心，減少我們同胞的苦痛。」眾人喝采，掌聲不斷，直到她走到原來的座位才作罷。當夜的拍賣結束了。

香港人慷慨解囊，總共籌集逾七億港元之數，約九千萬美元，匯入災區救急，其中有大愚捐的一大筆數目。他沒有把他全部財產捐出，因為他知道，還有許多別的幫助大陸人民的用處。

大愚寫文章說，香港人血濃於水，我們不喜歡大陸的共黨主義制度，但這並不是說我們不愛國。我們愛自己的同胞，愛民族的文化，愛祖國的錦繡河山。我們都是炎黃子孫，骨肉情深。中華民族有災難時，無論在那裡的炎黃子孫都應該全力救助。讓我們大家團結起來，為大陸的同胞努力爭取民主自由。

聯經文學⑩⑨

明月幾時有

1992年11月初版
1997年11月初版第三刷

定價：新臺幣180元

著　　者　林　太　乙
發 行 人　劉　國　瑞

本書如有缺頁，破損，倒裝請寄回發行所更換。

出 版 者　聯經出版事業公司
臺北市忠孝東路四段555號
電　　話：3620308・7627429
發行所：台北縣汐止鎮大同路一段367號
發行電話：6 4 1 8 6 6 1
郵政劃撥帳戶第0100559-3號
郵撥電話：6 4 1 8 6 6 2
印 刷 者　世和印製企業有限公司

行政院新聞局出版事業登記證局版臺業字第0130號

ISBN　957-08-0857-8(平裝)

國立中央圖書館出版品預行編目資料

明月幾時有 / 林太乙著 . --初版 .
--臺北市：聯經，1992年
面；　　公分 . -- (聯經文學；109)
ISBN　957-08-0857-8(平裝)
〔1997年11月初版第三刷〕

857.7　　　　　　　　　　　　　　81005619

聯經文學

●本書目僅供參考，若有調價，以再版新書版權頁上之定價爲主●

(1)杜甫在長安(短篇小說)	龍瑛宗著	100
(2)芒果的滋味(短篇小說)	金　兆著	120
(4)大學之夢(短篇小說)	李　赫著	150
(5)母親的壓歲錢(短篇小說)	李　赫著	150
(6)姚大媽(短篇小說)	楊明顯著	120
(7)二度蜜月(短篇小說)	蕭　颯著	150
(8)抓住一個春天(短篇小說)	吳念真著	150
(12)紅樓舊事(短篇小說)	宋澤萊著	100
(13)日光夜景(短篇小說)	蕭　颯著	150
(16)青春作伴(長篇小說)	鄭寶娟著	150
(17)望鄉(長篇小說)	鄭寶娟著	150
(18)想飛(短篇小說)	叢　甦著	100
(20)最後一封信(短篇小說)	黃　驗著	120
(21)席德進書簡——致莊家村(散文)	席德進著	100
(22)模範市民(長篇小說)	東　年著	100
(23)雷雨(長篇小說)	呂則之著	120
(25)不歸路(中篇小說)	廖輝英著	200
(28)殺夫(中篇小說)	李　昂著	220
(34)人生行腳(散文)	司馬桑敦著	120
(35)歸(短篇小說)	陳若曦著	150
(36)世間女子(中篇小說)	蘇偉貞著	150
(37)極短篇(一)	陸正鋒等著	100
(38)極短篇(二)	王廣仁等著	150
(39)極短篇(三)	蔡羅東等著	100
(40)極短篇(四)	宋仰原等著	100
(41)小說潮(一)—聯合報第一屆小說獎作品集	馬各主編	200
(42)小說潮(二)—聯合報第二屆小說獎作品集	馬各主編	150
(43)小說潮(三)—聯合報第三屆小說獎作品集	瘂弦主編	200
(44)小說潮(四)—聯合報第四屆小說獎作品集	瘂弦主編	150
(45)小說潮(五)—聯合報第五屆小說獎作品集	瘂弦主編	150
(46)小說潮(六)—聯合報第六屆小說獎作品集	瘂弦主編	200

(47)小說潮(七)—聯合報第七屆小說獎作品集	瘂弦主編	150
(48)小說潮(八)(九)—聯合報第八、九屆小說獎作品集	瘂弦主編	150
(49)小說潮(十)—聯合報第十屆小說獎作品集	瘂弦主編	150
(50)冰潔(短篇小說)	楊明顯著	100
(52)非是非(長篇小說)	阿　興著	130
(54)雙城小記(散文)	王曾才著	120
(55)孤絕(短篇小說)	馬　森著	150
(56)說人生(散文)	姚一葦著	130
(57)旅愁大地(散文)	洪素麗著	120
(58)海、風、雨(散文)	洪素麗著	120
(59)傅青生(劇本)	姚一葦著	120
(60)桂花巷(長篇小說)	蕭麗紅著	190
(61)那一年夏天(中、短篇小說)	康　雄著	130
(62)被寵愛的感愛(散文)	楊　子著	150
(64)啁啾地誌(散文)	陳　煌著	150
(66)慈悲的滋味(中、短篇小說)	黃　凡著	120
(67)極短篇(五)——川端康成卷	柏　谷譯	100
(68)千江有水千江月(長篇小說)	蕭麗紅著	230
(69)做一個出色的人(散文)	張小鳳著	120
(70)陌路(長篇小說)	蘇偉貞著	150
(72)傾城(中篇小說)	李　黎著	100
(73)青藏高原的誘惑(遊記)	陳若曦著	180
(74)水流如激箭(雜文)	彭　歌著	120
(75)霞飛之家(長篇小說)	蕭　颯著	120
(76)百日煉命記(中篇小說)	劉　夏著	120
(77)紅顏已老(中篇小說)	蘇偉貞著	120
(78)慾神(長篇小說)	楊　子著	150
(79)小說潮(十一)—聯合報第十一屆小說獎作品集	瘂弦主編	200
(80)極短篇(十一)——狂鞋	張春榮著	150
(81)孤獨和年輕總是睡在同一張床上(短篇小說)	陳　燁著	140
(82)一條流動的星河(散文)	瘂弦主編	150
(83)文學常談(評論)	吳宏一著	180

(84)文學與修養(評論)	吳宏一著	120
(85)海德堡語絲(散文)	金耀基著	120
(86)一往情深(散文)	梁丹丰著	150
(87)牽手五十年(散文)	曾永義著	180
(88)雕像(散文)	司徒衛著	130
(89)人生採訪(報導文學)	蕭　乾著	180
(92)叮噹貓的夢(中篇小說)	李若男著	120
(93)熱鬧的事(短篇小說)	羅位育著	120
(94)靈山(長篇小說)	高行健著	280
(95)單車失竊記(中篇小說)	林明華著	120
(96)離開同方(長篇小說)	蘇偉貞著	200
(98)愛玉的人(散文)	鍾　玲著	120
(99)春雷春雨(長篇小說)	林太乙著	160
(100)小說潮(十二)—聯合報第十二屆小說獎作品集	瘂弦主編	220
(101)變色的太陽(長篇小說)	楊　子著	180
(103)回首擁抱那人(散文)	楊　子著	180
(104)華府二三事(散文)	魏惟儀著	180
(105)小說潮(十三)—聯合報第十三屆小說獎作品集	瘂弦主編	220
(106)我與老舍與酒——臺靜農論文集	臺靜農著 陳子善、秦賢次編	180
(107)廢五金少年的偉大夢想(中篇小說)	李順興著	120
(108)黃金年代(中篇小說)	王小波著	100
(109)明月幾時有(長篇小說)	林太乙著	180
(110)小說潮(十四)—聯合報第十四屆小說獎作品集	瘂弦主編	200
(111)極短篇(七)	蘇偉貞主編	100
(112)極短篇(八)	蘇偉貞主編	100
(113)野浮萍(中篇小說)	從維熙著	180
(114)生命之歌(短篇小說)	韓　秀著	180
(115)小說潮(十五)—聯合報第十五屆小說獎作品集	瘂弦主編	250
(116)與紐約共枕(散文)	嚴　力著	250
(117)鬼話	楊　煉著	120

(118)三三草(散文)	彭　歌著	180
(119)狂飆的思想	陳　復著	150
(120)極短篇(九)	趙衛民編	150
(121)極短篇(十)	趙衛民編	150
(122)寄給恩平修女的六封書信(長篇小說)	許台英著	180
(123)喋喋集	劉潔著	150